雞尾酒，愛情，喪屍

카테일, 러브, 좀비

趙禮恩 조예은 著

李煥然 譯

目次

邀請

1

有一根魚刺卡在我的喉嚨裡長達十七年，大家都說這不可能，我卻能確實地感受到它。那是一根細長的白刺，牢牢地堵在喉嚨與氣管的銜接處。

那件事發生在我十三歲那年。我們一家人生活在海邊的小鎮上，住在附近的阿姨在海鮮市場經營一間生魚片店，跑船的人經常會去那裡解決三餐，我們一家人週末也時常聚在阿姨的店裡吃飯。

我至今猶然記得海鮮市場的夜晚，空氣中瀰漫著陰鬱的氣息，陳舊的腥臭味充斥在每個角落，遠方的大海宛如宇宙般幽暗。當天賣剩的海鮮在接近魚缸大小的魚箱裡游來游去，牠們個個死氣沉沉，似乎也知道自己命不久矣。

據說阿姨在二十歲前就學會切生魚片了，所以她的刀工十分出色，所有的動作都很俐落，沒有一絲拖泥帶水。用捕魚網把魚撈起來後，為了方便處理，她通常會用刀背把魚拍暈，往魚的脖子下刀，整套手法純熟又自然。偶爾遇到頭被砍下來還會掙扎的魚，令我嚇一大跳，此時阿姨就會看著我爽朗地開懷大笑，說這樣的魚才新鮮。

那天，生魚片店角落一臺胖嘟嘟的電視機正在播放漁獲價格大幅下跌的新聞。姨丈一邊嘆氣，一邊大口喝著燒酒；爸媽一邊咂嘴，一邊小口喝著辣魚湯，塑膠棚裡瀰漫著一股潮濕又沉重的氣息。

擺在桌上的菜餚，我能吃的只有起司玉米粒和香腸這類下酒菜，或許是我的腸胃不夠好，眼看那些不久前還活蹦亂跳的海鮮，我實在沒有勇氣放進嘴裡。一頓沒什麼可吃的飯，讓我感到索然無趣，然而大人們卻個個興致高昂，臉漲得像香腸一樣的粉紅色，嘟囔些我無法理解的話，我只好拿叉子玩弄無辜的香腸打發時間。忽然，姨丈把一塊生魚片塞進嘴裡，向我問道：

「采源還是不吃生魚片嗎？」

媽媽回答道：

「她不肯吃，大概是還不習慣吧。」

「采源啊，妳要不要嚐嚐看？」

我搖搖頭，姨丈嬉皮笑臉地大口咀嚼著生魚片。

「這麼好吃的東西，為什麼不吃呢？」

「妳就吃一片吧，采源。」

這次輪到爸爸來勸我，我緊緊閉上嘴拚命搖頭。爸爸夾帶著一股不悅的語氣，宛如在責備不聽話的孩子般，發出「嘖」的一聲，隨後夾起一小塊生魚片塞到我面前。

「大人給妳什麼，妳就吃什麼。」

媽媽在一旁幫腔。

「這可是非常貴的，妳以後想吃都不一定吃得到，知道嗎？」

阿姨抓住我的肩膀說道：

「妳就嚐一口吧，采源，這是妳姨丈辛辛苦苦從大海裡撈回來的。」

我又搖了搖頭，然而孩子的拒絕在大人眼裡往往是那麼微不足道，他們一邊大笑一邊在我面前晃動生魚片，似乎覺得我的反應很可愛。那片透亮白淨的生魚片看起來活像隻巨大的毛毛蟲，我好想哭。看到我淚眼汪汪的模樣，媽媽嘆了口氣，倒了杯燒酒。

「也不知道這孩子是像到誰，這麼愛哭。」

那塊透亮的生魚片仍舊在我眼前晃呀晃，阿姨嘴裡一邊哄我「我們家漂亮的采源乖」，一邊把生魚片湊到我嘴邊，一股冰冷而濕潤的觸感傳來。

爸媽見狀歡呼起來，高喊著：「哦！吃下去！吃下去！」，那一刻我害怕極了，雖然我知道自己不想吃，但是感覺已經非吃不可了，於是我緊緊閉上眼睛，終於吃進嘴裡，生魚片很有嚼勁又沒有什麼味道，咬了半天都咬不爛，簡直讓人作嘔。忽然嘴裡「嘎嘣」一聲，我咬到一個硬物，媽媽以為我要把生魚片吐出來，連忙訓斥我要我吞下去，我只好含淚嚥下那塊生魚片。

就在此時，我感覺有什麼東西卡在了喉嚨裡。

「采源真棒，竟然敢吃生魚片了。」

大人們哈哈大笑誇我厲害，飯桌上的氣氛恢復如常。我在一旁咳個不停，生魚片雖然穿過了我的食道，卻在喉嚨留下一股異物感。

媽媽帶著咳了整晚的我去醫院，聽到我前一天吃了生魚片，鎮上診所的耳鼻喉科醫生按了按我的脖子說道：

「可能是魚刺卡在喉嚨裡了，采源啊，妳『啊』一下好嗎？」

我乖乖張大嘴巴，恨不得趕快擺脫這種噁心的感覺。醫生用手電筒照過我的嘴巴，皺起眉頭說道：

「看不太到，好像卡得很深。」

媽媽急忙問道：

「卡得很深那該怎麼辦呢？」

「按照目前的技術都可以用機器夾出來，妳再『啊』一次看看。」

醫生在我舌頭放上一條像是乾紙巾的東西，接著掏出一條長長的黑色軟管。護理師把一臺阿姨店裡那種胖嘟嘟的小電視機推到我面前，隨後醫生面色和藹地說道：

「現在我們要來看看采源妳喉嚨裡的畫面，可能會不太舒服，妳忍耐一下噢。」

就這樣，黑色軟管鑽進我的喉嚨，螢幕上可以清楚看見像魚內臟的肉塊正在蠕動著，我嚇得蜷縮起來，醫生來回觀察我的口腔與螢幕，語帶疑惑地說道：

「通常到這裡應該就看得到了，怎麼還沒有呢？」

「魚刺到底跑到哪裡去了？」

我依然張嘴看著螢幕，生平第一次看見自己體內的畫面，令人感到既噁心又恐怖。我的身體裡怎麼會有這種東西，它看起來更像是電影裡某個宇宙怪物的身體內部，我感覺自己快吐了，急忙閉上眼睛。當醫生緩緩將鏡頭從我的喉嚨拉出來時，螢幕這才暗了下來。

「魚刺好像刮到喉嚨後就滑下去了，如果持續有疼痛感，再到大醫院拍張胸部X光檢查一下吧，不過我想她應該很快就沒感覺了。」

我們就這樣從醫院走出來，媽媽認為我在裝病，所以非常生氣，我雖然覺得很委屈，但還是忍住沒有頂嘴。我開始想像自己以後因為這根刺被推進急診室時，媽媽會有多麼後悔，心裡頓時痛快不少。

後來異物感一直沒有消失，我也跑了好幾趟醫院。在大醫院拍過X光片，也讓鏡頭伸進喉嚨裡觀察過無數次，可就是找不到那根魚刺在哪裡，所有醫生都說我的喉嚨裡沒有魚刺。如此反覆折騰下來，媽媽不再相信我說的話，高中時甚至被當成裝病，挨了班導好幾次罵。每當遇到這種時候，魚刺就會變得更粗、更大，狠狠地扎進我的肉裡。

後來我考上附近城市裡的大學，主修雕塑。我喜歡那些能握在手上的鋒利工具，每當我看著工具尖銳的那一端，就感覺自己可以柔和地劃開世間一切事物，正如同看到有完好無缺的布丁或漂亮的白嫩豆腐放在桌上就想要捏碎的衝動般，有時候我甚至想用這些工具沿著下巴一路劃到鎖骨，只要把肉割開後再往兩邊拉扯，折磨我整整七年的那根魚刺肯定就會掉出來。當然，這一切都僅止於我的幻想而已。

2

「哇，簡直一模一樣。」

女人看著工作坊角落鄭泫的頭像雕塑和貼在旁邊的照片如此說道。我露出一個苦澀的笑容，帶她走向工作檯。今天的課程是戒指製作，為了能和前輩共用工作坊，我答應幫她代課一堂。來上課的大部分都是情侶，只有眼前這個膚色白皙的女人是獨自前來，自然很引人注目。

她穿著一件樸素的連身裙，頭髮紮成馬尾垂在腦袋左側。整體來說她給人的印象十分模糊，唯一顯眼的就是她的耳垂上長了一顆痣，醒目得遠遠看去宛如一個洞。

「如果太用力反而會走樣，像這樣就好了，用錘子輕輕敲一敲，就可以做出自己想要的花紋了。」

聽完我的說明，女人一言不發地點點頭。直到我宣布課間休息時，一直悶不吭聲的她才再次開口：

「這是誰呢？」

她默默走到我身邊，指著眼前的頭像雕塑問道。

「是我認識的人。」

「真的刻得好像，特別是酒窩和眼角的皺紋這些細節……。」

女人用指尖打量著頭像，隨後她似乎想起什麼有趣的事，忽然笑出聲來。那天的課程順利結束，女人沒有在戒指上鑲嵌任何寶石，只做了一枚和她這個人一樣單薄又樸素的銀戒便回去了。

送走來上課的學生後，我獨自留在工作坊。未完成的鄭泫頭像窩在角落注視著我，看著空蕩蕩的黃褐色眼睛，我不由得覺得有些毛骨悚然，與此同時，我收到了一則訊息。

﹁我們在學校後面的生魚片店，妳的好朋友也都在，要不要過來？﹂

是鄭泫。那些人根本不是我的朋友，而是你的朋友吧？我一邊自言自語，一邊回覆他。

﹁你不是知道我不吃生魚片嗎？﹂

﹁啊，對耶。那過來喝點辣魚湯吧，大家太久沒見到妳，都說想妳了。﹂

我盯著螢幕看了許久，最終決定把手機倒扣在桌面。不經意抬起頭的瞬間，我的眼神再次與那雙黃褐色眼睛相遇，心裡頓時湧上一股不舒服的感覺。那顆頭像彷彿在瞪著我，我逕直走到頭像面前，把貼在一旁的鄭泫照片撕下來揉成一團，又將頭像轉過去面朝牆壁，這才作罷。

工作檯上的手機響個不停，鄭泫看我不接電話，就不停傳訊息催促我回覆。他這麼快就喝醉了嗎？如果是在過去，我或許會認為這是他喜歡我的證明，甚至為此欣喜不已。現在回想起來，那段時間我肯定是被鬼迷了心竅。是時候結束了，我把手機螢幕關掉拎起背包，並不打算回應鄭泫的呼喚。

那個時候，我和他才剛交往沒多久。

「跟腿比起來，妳的腰線好像有點太低了。」

鄭泫上下打量著我說道。那天我穿了一件黑色T恤，配一條寬鬆的休閒褲。聽到這句話，他的話不僅刺痛我的心，更讓我感到屈辱不堪。見我一句話也憋不出來，鄭泫笑著添上一句：

「我只是在給妳建議啦，妳可以換個穿搭風格，修飾一下妳身上的缺點。」

我從來不覺得我的腿短，坦白說我根本沒有認真思考過這個問題。然而，當我意識到自己在這段對話裡應該對他發火時，早就來不及開口了。

雖然後來我下定決心不去在意這件事，可每當我挑選新衣服時，他這句話總會浮現在我的腦海中。我甚至問朋友：「我的腿算短嗎？」「嗯？妳身高是不矮啦。」「我說的是身材比例，我腰線的位置是不是讓腿看起來很短？」朋友們打哈哈地笑著說：「就算真是這樣，那也沒辦法把腿拉長不是嗎？」後來我漸漸遠離褲子，開始穿起連身裙和半身裙，他的建議對我的影響也一直延續下去。

「妳今天穿得很好看，上次的穿搭就不怎麼樣。」

「妳的額頭比較窄，不太適合那種髮型，現在的髮型好多了。」

鄭泫稱讚我的方式很高明，他通常都會先誇我一番，再藉此貶低我之前的打扮。看著眼前稱讚自己的鄭泫，我也不太好意思發火，甚至一時間心情還不錯，但是轉過身又有種莫名的不痛快。回到家以後，我會重新換上以前穿過的衣服，看看到底是哪裡不好看，徹底分析與評估自己的身材。在這個過程中，我開始覺得過去那些穿著就好像只會凸顯自身缺點的小丑裝扮，有越來越多的衣服被我塞進收納箱，而新買的衣服無一例外全是迎合鄭泫讚美的風格。

不知從何時起，我活在了鄭泫的臉色中，衣服只穿他喜歡的，髮型也只剪他誇過的樣式，我生活中的一切都在配合他的喜好，但我一點也不覺得奇怪。當時的我就像被打了麻醉藥一樣，並沒有察覺自己的變化。我不能找別人訴苦，也不敢找鄭泫評理，畢竟他既沒有強迫我，也沒有威脅我，他只是說出自己的想法而已，這一切都是我的選擇。

在那段時間裡，喉嚨裡的異物感對我產生的折磨越發嚴重，雖然它不會帶來致命的痛楚，只會在我快忘記它的時候，伴隨著不經意嚥下的口水隱隱刺痛。因為實在過於輕微，所以我也羞於向旁人提起，但它又無時無刻不在刺激著我的神經。它明明不存在，我卻能實實在在地感受到它，我不知道該拿它怎麼辦。

就是從那時候起，我開始製作鄭泫的頭像，原封不動重現某種有形的實體是我最擅長的技能。哪怕是只見過一次的人，我也不會忘記他的長相，而且還能準確捕捉對方的外貌特徵。對我來說，什麼也不想專心重現一張臉不過是單純的體力勞動，還能幫助我忘記其他煩惱，包含喉嚨裡的異物感在內。

我每天都在勤加打磨頭像，儘管鄭泫的臉對我來說再熟悉不過，根本不用看也能夠完美雕琢出來，但是為了更準確地重現，我還是在旁邊貼上一張相片當作範本。那是我們交往前一起拍的膠卷相片，合照裡的鄭泫正用他特有的溫柔眼神注視著我，嘴角輕輕上揚，眼睛裡充滿活力。因為手中的頭像面帶微笑，我也得以帶著笑容進行手上的工作。

有一天，有個前輩靜靜打量著我做的頭像，隨後靠過來對我說：

「我總覺得不太像。」

我原以為前輩是在逗我，畢竟我跟她親密無間，本來就常常開彼此的玩笑，更何況我們還一起備考過，她很清楚我過目不忘的才能。然而前輩看起來是真心這麼想，她似乎也覺得很奇怪，於是在我身邊坐下來，看著頭像喃喃自語。

「我是說真的，真的不像。」

「這怎麼可能。」

「我不是不知道妳的實力，但是這件作品該怎麼說呢？單看五官確實有點像，不過和我上次見到的妳那位男朋友比起來，完全不是同一個人。」

我不再說話，凝視著方才還在埋頭打磨的頭像，那張臉笑得正如同相片裡一樣燦爛。我的喉嚨開始發癢，彷彿有根細刺正輕輕地刮著我柔嫩的肌膚。此時恰巧到了與鄭泫約好見面的時間，於是我放下頭像，落荒而逃似地離開工作坊，卻甩不掉這股緊緊跟著我的異物感。

那天我們約好在電影院見面，他穿著印有白色線條的運動服，頭上戴著帽子，嘴角髒兮兮的，眼睛裡還充滿睡意。那一刻，我感受到強烈的衝擊，隱約明白了前輩會說那些話的原因。鄭泫現在的模樣與相片裡的那個人確實不一樣，無論是眼神還是姿態，抑或是整個人散發的氛圍與氣質，一切都截然不同。

我突然覺得好不公平，鄭泫此刻穿的就是相片裡的那條褲子，頭上的帽子也是在我們交往前就常戴的。我掃了一眼自己，身上穿著不方便做事所以平常不穿的連身裙，腳底踩著超過五公分的高跟鞋，額前還垂著長長的瀏海。他一點也沒變，可在他身旁的我卻改變得太多。

這種感覺很奇特，我總覺得好像迷失了方向，儘管知道自己走錯路，卻找不到走回去的方法。看我遲遲不說話，鄭泫連忙問我：「怎麼了？是不是心情不好？」還抱怨自己很累，見我依然沒有反應，他識趣地閉上嘴默默滑起手機。

那天我做任何事情都無法集中注意力，因為一旦察覺到不對勁，身邊的一切彷彿都可疑了起來。鄭汯不知道為什麼那麼興致盎然，一直笑咪咪地看著手機。微微上揚的嘴角、彎彎的眼睛——他現在的表情與相片中注視著我的臉龐如出一轍，但他看的不是我，只是一臺手機。我的喉嚨隱隱作痛，開始輕輕地咳個不停，鄭汯一臉不耐煩地走向洗手間。

趁鄭汯去洗手間的時候，我拿起他的手機，發現本來沒有鎖的手機竟然鎖上了。就在此時，手機裡彈出一則訊息，彷彿在呼喚我去看一樣。

〔泰晝：是我，最近過得還好吧？話說你的女朋友啊……〕

還來不及讀完整條訊息，鄭泫便拿著一包濕紙巾回來了。我表面上裝作若無其事，腦海中卻迴盪著剛才看到的那則訊息和全然陌生的名字。泰書，這是一個可男可女的名字。

在電影開場前，看了眼手機的鄭泫又起身去了趟洗手間，直到廣告全部播完才回到座位上。電影很無聊，在片尾名單差不多跑完後，我故意拋了一個不符合實際劇情的結局。

「所以主角最後是死掉了嗎？」

「嗯，死掉了。」

「這樣啊，我懂了。」

即便是在跟我說話的時候，鄭泫也目不轉睛地盯著手機，與鄭泫分開後，我回到工作坊，在一片昏暗的空間裡，我望著我投入大量時間雕塑的頭像。那根本不是鄭泫的臉，而是一張完全陌生的面孔，是把我腦海中的鄭泫、現在的鄭泫、相片裡的鄭泫三者隨意拼湊在一起的模樣。我將視線從鄭泫的頭像上移開，思緒混亂不堪，唯有「泰晝」這個名字深深地烙印在我的腦海裡。

3

好久沒有獨自一個人去買材料了。因為鄭泫傳來的訊息，包裡的手機響個不停，但是我直接選擇忽略。買完蠟、銀和焊線再回到工作坊後，太陽早已下山，頭像依舊像我離開前轉的那樣面朝著牆壁。

「要不乾脆把它打碎吧？」帶著這樣的想法，我開始整理起工作坊。前輩的桌子上雜亂無章，堆滿一堆文件。我想也沒想便把文件拿起來看，是課程的報名表。在眾多的名字裡，忽然有個名字抓住了我的視線，那就是「李泰晝」這三個字。

看了眼報名日期，是今天，我急忙確認其他學生的報名資料，發現只有李泰晝是一個人報名。我想起那個看著鄭泫的頭像直呼做得很像的女人，女人削瘦的側臉，還有與下巴的線條相連略微蜷曲的耳朵，再來是耳垂上的那顆痣，這些細節宛如全景畫般一一閃過我的腦海。

不對，也有可能只是恰巧同名，畢竟「泰晝」可以是任何人的名字。然而我們的對話寥寥無幾，話題都圍繞著鄭泫的頭像，這點讓我無法停止懷疑。如果傳訊息給鄭泫的「泰晝」真的就是那個女人，那麼她到底為什麼要來找我？難道單純只是出於好奇嗎？她凝視鄭泫的頭像時臉上的表情是怎麼樣來著？雖然今天才剛見過面，但是我對她的印象卻很模糊，我記得她長相上所有細微的特徵，卻很難把它們組合起來，拼湊成一張完整的臉。可我明明看到她的臉了，這種情況還是第一次，抓著報名表的指尖不自覺地用力收緊。

此時身後傳來有人進門的腳步聲。我以為是前輩，於是提高音量喊道：

「我都整理好了，妳可以直接走了。」

「采源啊。」

是鄭浤，不知道喝了多少的他滿臉通紅，一股難聞的酒味撲鼻而來，我強忍住噁心問道：

「你怎麼來了？」

「因為妳不接我電話呀。」

「我不是講了我不去嗎？」

「我打了好幾通電話，妳一通也沒接，我能不擔心嗎？妳可不可以不要這麼自私，只考慮到自己，就算吃不了生魚片，難道不能過來幫忙炒熱一下氣氛嗎？那些人可都是我的朋友。」

我不用等鄭浤開口，就能猜到他要說的話，真是不可思議，而且鄭浤嘴裡冒出的話竟然一句也沒有出乎我的意料。那些話聽起來如此遙遠，彷彿不是對我說的，而是對其他人說的，我猛然覺得除了我以外，他一定也對其他人說過同樣的話。於是我打斷他的話說道：

「我也只是不去那個飯局而已，你有什麼損失嗎？自私的人是你才對。」

說完我甩開鄭泫的手，從座位上站起來。然而還沒走到門口，手腕就又被鄭泫抓住，他瞪大眼睛質問我：

「妳現在是怎樣？是想跟我吵架嗎？」

「沒什麼好吵的，我們分手吧。你不是也嫌我自私嗎？分開對彼此都好。」

隨著手腕傳來的壓迫感猛然增強，恐懼瞬間湧上心頭。現在工作坊裡空無一人，前輩也不知道什麼時候才會回來，我的手機放在背包裡，又有一隻手被抓住。鄭泫似乎一時語塞，只能皮笑肉不笑地反問道：

「分手？妳怎麼突然這麼說？」

理由有很多，但我並不覺得現在有必要一一列出來，於是我轉念一想，決定反過來趁此機會解開一直縈繞在腦海中的疑問。

「泰書是誰？」

「妳偷看我的手機？」

「所以是誰？到底是誰會聊到我？」

「只是一個高中同學，我不是說過，我週末去參加同學會了嗎？結果所有人裡面只有我一個人有女朋友。」

我沒有這段記憶，如果他有說，我不可能不記得。面對這種老套到不行的辯解，我不由得輕聲笑了出來。見我沒有回應，鄭泫又開始如往常一般焦急起來。

「妳到底在想什麼？我真是搞不懂妳。妳要是這麼懷疑，我現在打一通電話給她？」

「算了吧。」

那則訊息不是最直接的原因，我只是看清了鄭泫這個人，他每次遇到對自己不利的場面，就會做賊的喊捉賊，先一步衝著我大發脾氣。我扭動手腕試圖掙脫，鄭泫另一隻手立刻就抓上來，更為用力地箍住我的手腕。

「采源啊，冷靜下來好好想一想，妳現在太情緒化了。我這段時間以來有對妳怎麼樣嗎？妳總不能一個人在那裡胡思亂想，再用這種方式隨隨便便背叛我吧？」

就在此時，我的喉嚨裡忽然爆發出一股尖銳的劇痛，痛到我的視野都模糊起來。我拚盡全力甩掉鄭泫的手，握住自己的喉嚨。與此同時，耳邊傳來東西砸落的聲音。我反覆咳嗽，不停乾嘔，疼痛才終於慢慢消散。我深吸一口氣，轉頭望向剛剛發出聲響的地方，鄭泫摔倒在地上，椅子也在地上滾動著。

鄭泫一邊罵髒話，一邊站起身來，我拿起包轉身就要往門外走，鄭泫見狀連忙追上來。直覺告訴我，現在絕對不能被他抓住，於是我加快步伐，連走帶跑地衝向門口，鄭泫緊緊地跟在我後面，照這樣下去肯定會被抓住，我只好伸長手臂，打算一推開門就全力狂奔。然而出乎意料的是，門竟然自己打開了。伴隨著寒風一起出現的，是一個沒有五官的女人，我尖叫著昏了過去。

再次睜開眼睛時，我已經躺在醫院裡，前輩陪在我身旁。

「我把他趕走了，我威脅說要報警，他就一臉悻悻然地走了。」

打了一個小時左右的點滴後，我在前輩的陪同下離開醫院。在計程車上，前輩問我到底發生了什麼事。我沉思一會兒後還是決定道出事情的原委：鄭泫傳來的訊息、盯著頭像看的女人、讓人記不清長相的女人……聽完我一股腦的傾訴後，前輩疑惑地把頭歪向一邊。

「妳的意思是說，那個跟鄭泫偷偷聯絡的女人今天跑到工作坊來上課了嗎？為什麼？來看妳的笑話嗎？」

實際說出口之後，我才發現這是多麼荒謬的一件事。可是重要的並不是這些細節，而是我竟然記不得女人的長相。我努力和前輩解釋這件事有多麼詭異，而前輩滿臉同情地看著我說：

「搞不好是妳的錯覺也說不定，妳現在太敏感了，還是先休息一會兒吧。」

全部力氣彷彿被一口氣抽離我的身體，難道這一切單純是因為我太敏感嗎？真的都只是偶然嗎？從計程車上下來後，我快步朝著工作坊走去。一拉開門，先前與鄭泫爭吵過後凌亂不堪的空間映入眼簾。腳尖好像踢到了某種笨重的物品，是鄭泫的頭像，我呆呆地注視著支離破碎的它孤零零地蜷縮在玄關的角落。

它怎麼會掉在這裡呢？

頭像原本放在工作坊的最裡面，難道是在我與鄭泫爭吵的過程中撞碎的嗎？可它現在離原本的距離也未免太遠了。即便是在爭吵時掉下來的，頭像就這麼從工作坊的最裡面一路滾到玄關也很詭異，除非有人特意搬動它，否則這根本不合理。我的腦海中瞬間浮現出盯著頭像看的那個女人的背影，我小心翼翼地彎下腰，把頭像翻過來，頭像已然破碎不堪，但嘴角卻仍詭異地上揚著。晚一步進來的前輩推開門，看著一片狼藉的工作坊嘆了口氣說道：

「看來得花點時間才能收拾好。妳怎麼還不進去杵在門口發呆？」

我指著頭像對前輩問道：

「前輩，我昏倒的時候它就在這裡了嗎？」

「我想不太起來了，當時我也被嚇得不輕。」

我一邊咬著指甲一邊喃喃自語：

「我記得當時它不在這裡，原本是在工作坊最裡面，現在卻掉在這裡，我們不在的時候一定有人來過這裡。」

前輩拍了拍我的肩膀，拿起打掃工具說道：

「都說是妳的錯覺了，趕快收拾吧。」

打掃結束後，前輩說想抽根菸，起身離開了工作坊。我坐在亂糟糟的工作檯前，腦子裡亂成一團。我努力讓自己冷靜下來，這絕對是那個叫泰晝的女人幹的好事。想到這裡，我立刻翻開印有學生名單的那份報名表文件，發現「李泰晝」的名字旁邊寫著聯繫方式。我掏出手機，毫不遲疑地撥通號碼，儘管已經超過晚上十點，但我現在根本無暇顧及這些。剛按下通話鍵，手機便傳來冷冰冰的聲音。

〈您撥打的號碼是空號〉

空號？有誰會在報名工作坊課程時故意編一個假的號碼呢？我呆愣愣地盯著手機螢幕上顯示「通話結束」，好一會兒才動了動手指，打開搜尋軟體，在搜尋框裡輸入泰晝寫的號碼，我通常只有在接到莫名其妙的電話時才會這麼做。

幾則搜尋結果跑出來，我點開排在最上面的連結，頁面轉進一個部落格裡。這是一個宣傳京畿道某座度假村的部落格，最後一篇文章的發布日期是三個月前。

〔夏日驕陽，湖光瀲灩，湖景度假村陪伴您的酷暑時光。住宿諮詢請洽李泰晝室長×××—××××—××××〕

部落格主頁上放著度假村的全景照片，那是一座老氣的建築，白色牆面上搭配著一些藍色點綴。除此之外，他們還炫耀似地展示著客房的內部照片，裝潢用的淨是些花紋壁紙之類的落伍設計。

我目不轉睛地盯著照片，建築的四樓有個人手靠著陽臺上，遙望著遠處的湖面，整體的氣質與白天來訪的女人有幾分相似。我嘗試放大照片，但由於畫質太低，我看不清她的長相。

照片上的女人穿著與建築相配的藍色條紋連身裙，一頭長髮緊緊地綁成馬尾垂在一旁，像這種偏僻老舊的度假村，應該不會特意聘請模特兒來宣傳，如果有另外找模特兒來拍，就不會上傳這種連臉都看不清楚的低畫質照片了。我退出部落格，在地圖APP上搜尋湖景度假村，發現度假村後面綴著兩個鮮紅色的字：「停業」。

那天我沒有回家，而是在工作坊隔壁的休息室過夜。我整晚在床上輾轉反側，我竟然想不起那個女人的長相——這個思緒在慢慢吞噬我。

第二天睜開眼睛，我就打電話給工作坊配合的保全公司，監視器應該有拍到女人的身影。雖然公司表示可以把監視器畫面寄給我，但我還是想親自跑一趟。我覺得要吹點寒風，才能讓自己清醒一些。

鄭泫那邊一點消息也沒有。現在回想起來，他從來不會率先道歉，每次吵架過後，都是我心急如焚地主動聯絡他，而他向來都是一臉無可奈何地接受我的道歉。這次不會再這樣了，我掏出手機，準備動手刪除鄭泫的號碼，此時一則凌晨收到的訊息跳了出來，是鄭泫的朋友傳來的，我們有過幾面之緣。

〔鄭泫週末確實去參加同學會了，而且我也認識泰晝，希望妳不要再誤會他了。〕

我對此嗤之以鼻，鄭泫的朋友們之前也有過幾次配合他說謊的前科。要是以為我會相信這種不倫不類的辯解，那可就大錯特錯了。鄭泫現在怎樣都已與我無關，我只想看到泰晝的臉。不知不覺間，我的雙腳已經踏進保全公司，馬上就可以看到那個女人的臉了，我邁著輕盈的步伐走進他們辦公室。

「我們沒有拍到她的臉。」

我的期待頓時化作泡影。

「妳安裝的監視器畫質本來就不是很好，機器也比較舊，那棟建築附近又有很多死角，從昨晚開始甚至什麼也沒拍到，我看妳不如趁這個機會換一套新的吧。」

保全公司員工說著幫我把暫停畫面放到最大。當時正好剛下課，由於解析度太低，畫面中所有事物的輪廓都顯得模糊不清。但我總感覺那個女人走出工作坊時，那張模糊的臉上掛著笑容。

毫無斬獲的我只好重新回到工作坊，一拉開門，新張貼的傳單與凌亂的通知單飄落在地。我彎腰一一撿起，把有用的和要丟掉的分門別類放好。就在此時，我注意到一封奇特的信件。

那是湖景度假村的宣傳單，明明版面設計雜亂無章，整張傳單粗製濫造，卻讓我感到一絲寒意。我捏著信件的指尖不自覺地用力收緊，已經停業的度假村不可能對外發放宣傳單。如果上面寫著恐嚇訊息之類的文字，我反而不會覺得有什麼。我把宣傳單翻到背面，但上面什麼也沒有，只是一張普通的傳單而已，最下方印著一行大大的粗體字：

〔預約諮詢請洽李泰書室長×××－××××－××××〕

正是我之前打過的那個電話號碼，我注視著傳單上散發陰森氛圍的度假村全景圖，與我此前在部落格上看到的是同一張照片。有個女人倚靠在四樓的陽臺上，我仔細觀察女人的輪廓，發現了一個不自然的地方——部落格上的女人明明是側身眺望遠方，傳單上的女人卻是正面直視鏡頭，彷彿在凝視著誰一樣。我趕緊掏出手機，查看瀏覽過的頁面列表，點開部落格連結。

〔該網站服務已過期〕

網站頁面空空如也，昨晚還能看到的貼文全都憑空消失了。走到這一步，反倒激起了我不服輸的倔強。我在地圖APP上輸入度假村的名字，確認了它的地址。究竟為什麼停業的度假村要發放宣傳單呢？

正常來說，發放宣傳單都是為了招攬顧客，此時，我才注意到傳單上大大印著邀請文案——「夏日驕陽，湖光瀲灩，湖景度假村陪伴您的酷暑時光」。

我的心臟開始劇烈跳動，冥冥之中，我感覺這張宣傳單就仿似一封邀請函。猜疑漸漸轉化為確信，會不會是那個女人在呼喚我？否則她沒有理由這樣在我的周圍打轉，反覆刺激我的神經。那個沒有臉的女人正在呼喚我，呼喚我前往湖景度假村。

4

通往度假村的道路七彎八拐，昏暗又狹窄，抵達時已經超過晚上九點。我把車隨意停在路邊便下了車。

整棟建築沉浸在一片黑暗之中，因此唯一亮著燈的四樓客房在夜色中顯得格外惹眼。我凝視著那道淡淡的黃色亮光，此時陽臺的門倏然被推開，一個穿著連身裙的女人走了出來。

女人雙手搭在欄杆上，呆呆地仰望著天空，她的姿勢與照片如出一轍。頃刻間，我有種進入低畫質世界的錯覺。我集中注意力，想看清那個女人的臉，無奈周圍實在太暗，女人的臉孔若隱若現，怎麼也看不清。我的喉嚨開始發癢，眼見就要咳嗽起來，我連忙用手捂住嘴巴。不知不覺間，女人的手離開欄杆，直起身子從陽臺上離去。

女人的臉再次隱身於黑暗中，客房裡泛出的燈光給它蒙上一道厚厚的陰影。儘管如此，我依然能夠清楚地感受到她對我投來的視線，女人彷彿在呼喚我過去一樣，緩緩地向後倒退幾步，轉眼間消失在房間裡。

她一定是在邀請我，我對此深信不疑。我的拜訪是得到許可的。我大步向建築奔去。大廳一片漆黑，電梯也沒在運作，於是我轉頭奔向樓梯。

我以前有這麼衝動過嗎？隨著離四樓越來越近，我的腦海中響起「哐、哐」的巨大噪音。是阿姨砍下魚頭的聲音，是沉甸甸的刀敲擊在木頭砧板上的聲音。生魚片軟乎乎的觸感，比目魚瞪得渾圓的眼珠子，卡在我喉嚨裡長達十七年的魚刺……所有讓我不悅的事物、無法一吐為快的話語，全都交織在一起化為一根尖刺，再次堵住我的喉嚨，刺痛著我脆弱的部位。

過去的影像與聲音在腦海浮浮沉沉，我追著那些聲音狂奔，奔向那混沌消散、一切變得鮮明的瞬間……。

等等，那些聲音真的是從我的腦海中傳來的嗎？

我站在寫著四〇三號的房門前，一時間竟動彈不得，就像被按在地板上一樣。門內傳來「哐、哐」的聲音，前一秒還在腦門肆虐的衝動瞬間平息下來。昏黃的燈光從門縫中透出，不知怎麼的，空氣中似乎瀰漫著一股腥臭味。是因這裡緊挨著湖邊嗎？這是積水發霉腐爛的氣味嗎？我不知道該進還是該退，只能將手放在門鈴上。走到這一步，我已經不能回頭了。就在此時門打開了，一張臉靜靜注視著我。

「歡迎。」

女人露出燦爛的笑容。

紮成一束的黑髮和白皙的皮膚逐一映入眼簾，我急忙檢查女人的左耳耳垂，上面有一顆清晰的痣，轉瞬間一股強烈的喜悅直衝腦門，讓我不禁想要抱住眼前的女人歡呼。女人率先伸出手，用很是親切的聲音和我打招呼：

「我們不是第一次見面吧？」

我緩緩地點了點頭，就像與老朋友久別重逢一樣高興。我伸出手臂想握住女人的手，就在視線不經意下移的瞬間，我整個人愣住了。泰晝的手就像浸過紅色油漆桶般紅通通的。泰晝看了看自己的手，連忙說道：

「啊，不好意思。」

她的雙手在連身裙上胡亂擦拭起來，愣在原地的我這才注意到其他地方也不太對勁——她身上那件因為背光顯得有些暗沉的衣服同樣也泛著鮮紅色。

我再次陷入恐慌。現在逃離這裡還來得及嗎？身後的走廊伸手不見五指，充斥著黑暗，誰也不能保證裡面會有什麼。這裡真的是現實世界嗎？眼前的這個女人是真實的嗎？我一把握住泰晝鮮血淋漓的手，我能確實感受到她那細瘦的手，撫摸到真實肌膚的觸感。不知是出於安心還是恐懼，我呼了一口氣。泰晝的手溫柔地包裹住我的手背。

「請進，我一直都在等妳。」

泰晝帶我走進房間，跨過門檻，踏上柔軟的地毯。房間裡的燈光雖然昏暗，卻散發著溫暖的光芒。泰晝輕聲哼唱著陌生的曲調，我們就這樣走到了客廳。

屍體赫然陳放在客廳裡，應該是三具。有的頭破血流，有的脖子被割斷，每一具屍體都被折磨得面目全非，完全無法辨認長相。我故作鎮定，乾巴巴地擠出笑容。難道是我瘋了嗎？這是我的幻覺嗎？我深吸一口氣閉上眼睛，空氣裡的腥臭味熏得我的鼻子火辣辣的。泰晝走到我身旁，猶如哼唱般在我的耳邊低語道：

「這可不是夢噢。」

我睜開眼睛，客廳的景象沒有任何改變，一陣噁心翻湧而至，我用雙手摀住嘴巴，可就算張開嘴巴，我也發不出任何聲音。就在此時，一聲慘叫打破寂靜，但那不是我發出來的聲音，而是出自其他人。

「救救我！誰來救救我！」

是鄭泫的聲音！我轉身看向慘叫聲傳來的方向，那是一個小房間，一扇拉門把它與客廳分隔開來。在小房間裡，鄭泫被綁在椅子上，雙眼也被蒙住。看著他掙扎的身影，不由得讓我想起阿姨手中即將被做成生魚片的活魚。鄭泫撕心裂肺地放聲叫喊著，呼救聲響徹整個房間。

我嚇得急忙向後退，腳後跟不知撞到誰的手臂，讓我雙腿一軟跌坐在地，同時不小心發出了聲音。我的手掌放在沾滿鮮血的地毯上，黏呼呼的深紅色液體順著手指的縫隙滲出來。我一邊宛如瀕臨死亡的野獸般發出嗚咽聲，一邊不知所措地向後蜷縮。就在此時——

「采源？是采源嗎？救我，快救救我，算我求妳了，好嗎？」

我的名字從鄭泫的嘴裡蹦出來。他拚命扭動捆綁的身軀，不停地大喊我的名字。這還是他第一次如此心急如焚地叫我，但我什麼也做不了，只能用沾滿鮮血的雙手環抱著膝蓋瑟瑟發抖。我多麼渴望能將自己的存在從這個空間中抹去，彷彿打從一開始就沒來過一般。看到鄭浤不停大喊我的名字，我只想把他的嘴巴給堵上。

總覺得只要能讓他安靜下來，我在這裡的事實也會隨之一起被埋葬。我瞪著鄭浤，表情極度扭曲。看著他哀切地呼喚我的樣子，我好想把他的嘴巴縫起來，或是乾脆整個撕爛。

泰畫一直都在看著我。她手上握著一把厚重的生魚片刀，不疾不徐地向我走來。我就像個孩子，把自己縮成一團。泰畫走到我面前，親切地把刀遞到我面前，溫柔地示意我接過刀，臉蛋蒼白如紙的她輕聲說道：

「抉擇的時刻到了。」

我很清楚她說的抉擇意味著什麼。我凝視著泰畫遞過來的凶器，面向我的不是刀刃，而是刀柄。我皺起眉頭對她搖了搖頭，泰畫沒有催促我，似乎早就猜到了我的選擇。我不停地搖著頭，突然喉嚨湧上一陣劇痛，爆出強烈不止的咳嗽，遠比平時還要激烈。我抓住脖子，在地板上打滾起來。

一直在旁邊靜靜看著我的泰畫收起厚重的生魚片刀，把它放在地上，隨後蹲下來看著我。泰畫的雙眼出現在我面前，但我不敢與之對視，只能將視線落在她耳垂的那顆痣上。

她猛然伸出手抓住我的下巴，我強烈不止的咳嗽依然沒有消停，緊抓著我下巴的手毫不留情地捏開我的嘴，泰畫開始仔細地觀察我漆黑的口腔內部，忽然她用滿是同情的語氣喃喃低語道：

「真是個可憐人。」

我瞪大眼睛，猶如氣喘發作般不停喘著粗氣。泰畫的視線依然固定在我的口腔內，並用另一隻手輕柔地撫摸我的後背，我的呼吸逐漸平靜下來。

我轉而直視眼前的泰畫，看向那雙我一直都在逃避的淡褐色眼睛。

泰晝只是回以我一抹微笑，將撫摸我背部的手收到前面來，宛如鉤子般的手指撬開我的嘴，使其張大到極限，隨後勾住我的下巴往前伸。

兩根纖細修長的手指侵入我的口腔，越過上顎與舌根直達更深處，神奇的是，我竟然沒有半點噁心的感覺。頃刻間，喉嚨宛如被撕裂般劇痛，遲來的嘔吐感讓我不自覺弓起上半身，簡直連內臟都要吐出來。我撐著血跡斑斑的地板咳個不停，過了好一會兒，伴隨著火辣辣的刺痛感，有什麼東西從我的嘴裡蹦了出來。

那是一根魚刺，一根雪白的細長尖刺，原來它真的存在。

我用顫抖的手把魚刺撿起來，它有大拇指的一個指節那麼長，既細長又尖銳。我將白晃晃的物體舉到昏黃的燈光下端詳起來。

就像肺裡進了冷空氣，我突然大笑起來，我也不知道為什麼，但就是想放聲大笑，想捧著肚子在地上打滾。我抬起頭望向泰晝，她也在注視著我，緊接著耳邊傳來沉悶的金屬摩擦聲。

「存在的就視而不見，不存在的就憑空捏造，大家不都是抱持這樣的心態在過活嗎？」

泰畫不慌不忙地用那雙白皙纖細的手抓住我的手腕，踏著輕盈的步伐拉著我走向鄭泫。看到她扣在我手腕上的食指戴著之前在工作坊做的銀戒指，一股奇妙的欣慰之情油然而生。

不知不覺間，一把厚重的生魚片刀出現在我的手上，與很久以前阿姨的刀是同一種款式。木製刀柄握起來完美契合，彷彿原本就屬於我。泰畫繞道鄭泫身後，托住他的下巴往後拉，繃緊的脖子吸引了我的目光。我看向泰畫，她回以爽朗的笑容說道：

「妳可以嗎？」

她的詢問給了我一種奇妙的安全感，我點點頭，這一切看起來是那麼自然，甚至讓我產生一種與另一個自己在一起的錯覺。我聽從泰晝的意思，高高舉起手中的凶器，沒有任何的顧慮與不安。

「咔嚓」——伴隨著硬物被刀刃劈開的碎裂聲，滾燙的鮮血飛濺到我的臉上。

我凝視著鄭泫，他就像被砍了頭的魚一樣，以後仰著腦袋的姿勢結束了生命。泰晝癱坐在地上，「咯咯咯」地笑了半天。

我與泰晝一起把屍體搬下去，將它們整齊地堆放在度假村前的小型車上。等我們忙完，已是黎明時分。太陽緩緩升起，黑暗的森林籠罩著灰濛濛的霧氣。我的雙手與衣服都沾滿了血跡。

我深呼吸一口氣，拂曉的空氣清爽地掃過腫脹的喉嚨。我輕輕閉上眼睛，昨夜的場面依然歷歷在目，瀰漫在四周的血腥味，纏繞在手上的厚重觸感……直到感知到身上殘留的腥臭味，我才終於忍不住發出宛如嗚咽般的喘息。

回過神來時，我已經坐回了自己車裡。臉上就像仔細擦拭過一樣乾淨清爽，心情無比舒暢。停車場裡除了我以外沒有別的車。抬頭一看，我的臉出現在後照鏡上。我對著鏡子張大嘴巴，只有粉紅色的口腔內部與一個黑漆漆的洞，沒有任何異物感。那麼大一根魚刺，竟然就這樣拔出來了。我難以置信地對著鏡子照了好一會兒。

我合上嘴巴，望著鏡子裡自己完整的臉。先把亂蓬蓬的頭髮紮成馬尾，再將凌亂的側髮撥到耳後。隨後，我猛然注意到一個奇妙之處。我把臉湊近鏡子一看，發現左耳的耳垂上有一顆鮮紅的痣，是血漬。我目不轉睛地盯著它看了一會兒，接著用大拇指的指腹輕輕搓揉幾下，醒目得遠遠看去宛如一個洞的紅痣，就這樣輕易地消失了。

濕地之戀

水不知道自己是怎麼死的，時間太久遠，他早已遺忘，時至今日也不想再去追尋真相。重要的是自己已經死了，而且今天也依然漂泊在水上。

身為水鬼的一天閒得發慌，無人問津，無人相識，他又離不開河川，不無聊才怪。他常常數著飄落的樹葉，或與醜陋的魚兒相互問候，藉此打發時間，這已經是他所能做的一切了。

「唉，無聊透了。」

他也只能在嘴上像這樣抱怨兩句。

有時候實在是太無聊了，他甚至希望自己可以順著河川隨波逐流下去。若能化為耀眼的水波，從這裡流淌到那裡，從那裡流淌到遠方，或許就能擺脫這種乏味的生活，只可惜這是不可能的。水放鬆身體，抬起頭來，看到幾隻山鳥成群結隊地掠過天空。

關於自己，水只知道一件事，那就是自己是溺死在這片河川裡的，所以他才會變成水鬼。「水鬼不能離開自己死去的河川。」雖然不知道這是誰定的規矩，但是自古以來便是如此。這是很久以前來超渡他的巫婆告訴他的，水至今還清楚地記得聽到的瞬間油然而生的無力感。

正因為如此，孤零零地漂泊在這條漆黑又寒冷的河川裡，像是禁錮一般動彈不得，也只是順應自然的規律。這一切都是天經地義，沒有理由，也找不到理由，因此水也從未感到委屈，只覺得可笑和空虛。

從那時起，水就一直處於這種狀態。他無所事事，悠悠地漂泊著度過每一天。

水也曾有過難忍內心的憤怒，對生命充滿留戀的時期。當然，那是河川附近還有人跡時的事了。偶爾來訪的釣客、尋找隱密場所的情侶、死活不聽大人話的淘氣孩子……水可讓他們吃過不少苦頭。

要麼只露出一雙眼睛，鬼鬼祟祟地靠近他們；要麼在霧氣瀰漫時把手伸到靜謐的水面上來回晃動；要麼看到有人在戲水就上前一把抓住他們的腳踝往下拉扯。人們每次都會被他嚇得魂飛魄散，落荒而逃。看著他們喘得上氣不接下氣遠去的背影，內心總會同時湧上「討厭」與「羨慕」這兩種情感。雖然他想趕走這群擅自闖入自己地盤的人，但是每次到了最後，他還是想抓住他們的腳踝，大喊「不要走」。畢竟惡作劇只是暫時的，可孤獨卻是那麼的漫長。

因為羨慕他們，所以討厭他們，這兩種情感往往只是一線之隔。惡作劇和出氣也是，水之所以會對造訪河流的人們惡作劇，其實是在拿他們出氣。一波又一波的人被水嚇跑，漸漸地，出現了河川裡住著一隻惡鬼的傳言，於是大家開始遠離河川。起初他們只是對著河川指手畫腳，後來就再也沒有人願意駐足於此了。

現在偶爾會光顧的只有打扮寒酸的釣客，水也不再對他們惡作劇了。曾經足以吞噬他的那些可怕的黑暗情感，早已在河水與時間的沖刷下消散殆盡。

與此同時，水不得不承受比以前流逝得更加寂靜的時間，他只能用各式各樣的思緒填補近乎空白的生活。畢竟時間一多思緒就會多，而思緒一多，憂鬱難免就找上門。一想到很久以後，魚兒們都消失了，河流也乾涸了，自己還得留在這裡，繼續過著這種日子，他便會鬱悶得喘不過氣來，彷彿被堅韌的水草勒住了脖子。久而久之，水開始克制自己，不讓自己想太多，只是靜靜地漂浮在河面上，數著掉落的樹葉，望著飄過天空的雲朵。

微風徐徐拂過，河邊的柳樹翩翩起舞。從河川周圍的樹林中飄來一片又一片的枯葉，穿過水的身體，平靜地落在河面上。它們都是從樹枝上墜落下來的屍體，水與這些亡者一起悠悠地擺動著身子。

正當無聊的日子持續之際，水遇見了林。當時，水正在數飄來的落葉，河川對面有一座低矮的山坡，每天都有落葉從山上乘風而來。

河川與山坡的邊界上稀稀落落地種著幾棵松樹，由於缺少陽光的呵護，每一棵松樹都長得奇形怪狀，樹幹黑黑的，葉子尖尖的。這是一片氣氛冷清的樹林，雖然裡面也有方便行走的木板步道，但還是鮮少有人來。就在從那裡飄來的第四十九片落葉掉在水面上時，樹林裡傳來一個聲音。

「嘎吱，嘎吱，嘎吱。」

這股聲音就像釣客哼的歌一樣，帶著特有的韻律。水靜靜地凝視著樹林，他聽過這個聲音，是釘子鬆動的木板被踩得吱吱作響的聲音。以前還有人在河川附近來來去去，只要有人走在步道上便會傳來這樣的聲音。遠處吹來一陣風，帶動樹林搖曳得沙沙作響起來。水小心翼翼地往河邊靠近。

「嘎吱，嘎吱，嘎吱。」

隨著聲音越來越靠近，水將眼睛露在河面上，屏氣凝神望向松樹林。木板的嘎吱聲和樹林沙沙作響的聲音輪番傳來。片刻之後，那股聲音已經來到近在咫尺的地方，水這才看到一道影子在蜿蜒曲折的松樹樹幹間閃過。

「會是誰呢？」

是附近瞞著大人偷偷闖進樹林的小屁孩？還是迷路的外地人？也可能只是一隻小貓咪，或是山上的野獸。聲音時遠時近，飄忽不定，影子就像在玩尋寶遊戲一樣，穿梭遊走在幽暗的樹林裡。

水目不轉睛地盯著松樹林，聲音的主人卻遲遲不願現身。聲音上一秒還從前方傳來，下一秒便跳到了水的身後。當水轉身查看後方時，聲音又再度回到前面。明明自己才是鬼，水卻有種撞鬼的感覺。水跟著那個聲音從早追到晚，他越來越好奇是誰發出的聲音，不知不覺間，昏黃的落日已半掛在山脊上。

「託他的福，今天時間過得好快。」

水一邊自言自語，一邊將視線定格在步道的盡頭。聲音的主人四處打轉了一整天，或許是累壞了，從剛才開始便停止毫無章法的移動。伴隨著「嘎吱」的響聲，那個「聲音」開始在破舊的步道上漫步，大概很快就會出現在那堆破舊木板的盡頭了。

水做好迎接他的準備，把半截漆黑的腦袋探出水面，細瘦乾癟的手臂也伸了出來。只要這樣揮揮手，來人就會被水嚇得昏厥過去，抑或是尖叫著逃走。樹林裡那個「聲音」要是見到自己，勢必也會落荒而逃。至今為止，水從未遇見歡迎自己的人。反正得不到歡迎，還不如捉弄對方取樂，水能想到的方法也只有這些。

樹林裡的那個「聲音」長得怎麼樣呢？看到自己會有什麼反應呢？不過話說回來，自己又長什麼樣子來著？水突然想起來，他已經很久沒有看過自己的臉了。水不假思索地微微低下頭看向河面，但是亡者的臉是不會倒映在水面上的。也許看不見反而更好，他現在的模樣肯定可怕又醜陋。

水重新抬起頭，那一刻，他與那個身體躲藏在松樹後、只露出一張臉的「聲音」對上了視線。

那是一雙圓溜溜的漂亮眼睛，水的身體瞬間僵住。明明與水眼神對視，她卻沒有逃跑，依然站在原地。隨後她緩緩移動，從松樹後走出來，目不轉睛地看著水，猶如玻璃珠般的眼眸在輕靈的眼簾下若隱若現。

不知怎麼的，水忽然有些害怕，他太久沒有看到那種直視自己的目光了，這甚至可能是他變成鬼魂以來的第一次——既沒有嚇得直打哆嗦，沒有憤怒或厭惡，也沒有咒罵——他確信自己是第一次見到這樣的目光，這反倒讓他有些畏縮，寧願對方趕快逃跑。於是他就像對其他人一樣，揮動起自己慘白又乾癟的手臂。

「逃吧，快逃啊。」

然而對方並沒有逃跑，無論水如何揮舞胳膊，她依舊一動也不動地站在原地，水簡直快哭了，對方不僅沒有逃跑，反而抬起細瘦的手，學著水揮動起來。

「你好。」

對方主動跟水搭話。既不是野獸的叫聲，也不是樹葉掠過的聲音，而是一句問候，是人與人之間的問候。見水沒有回應，她略微皺起眉頭追問道：

「你不是在和我打招呼嗎？那你揮手做什麼？」

驚慌失措之下，水不得不回應道：

「妳好……。」

對方噗哧一聲笑了出來。看到她乾澀的嘴唇嘴角揚起柔和的弧度，水一時竟有些羞怯，他逃也似地躲進河裡，鑽進宛如頭髮般濃密的水草間，與醜陋的魚兒一同蜷縮起來。不久後，他聽到光腳踩在泥土上的聲音，吱吱作響的聲音漸行漸遠。等到聲音徹底消失後，水才悄悄地探出水面，河邊空空如也。

「太好了。」

水輕撫自己濕漉漉的胸膛。不知不覺間，太陽已經完全被壓在山底，夜幕降臨。水重新躺回水草之間，即使閉上眼睛，松樹林裡的那張臉依然浮現在水的腦海裡，讓他備感煎熬。為什麼會如此難受呢？這股心癢難耐又焦躁的心情是怎麼回事？水在腦海中不停重播今天短暫的邂逅，對方的眼神、手勢、微笑……都讓水感到陌生、刺激又奇妙。那個女孩的身材嬌小，臉蛋宛如釣客吃的麵包一樣白皙，身上穿的似乎是破舊褪色的制服。

「她是誰呢？」

她究竟是何許人也，竟然一直在這片空無一人的松樹林中遊蕩？當然，這麼多年來無預警跑到河川來的人也不止她一個，偶爾會有迷路的人誤闖河川，但他們通常很快就會離開，這次說不定也是如此。水把自己蜷縮成一團，努力安撫那顆躁動的心。這種感覺太奇怪了，就好像自己會搞砸什麼一樣。

第二天，第三天，松樹林裡的女孩都來了。她來訪的時間飄忽不定，水還是像平常一樣悠悠地漂在河面上，只有在聽到腳步聲時才匆忙躲藏起來。

有時候水也會躲在蘆葦叢中偷偷觀察那個女孩，她總是一屁股坐在步道的盡頭，悶悶不樂地望著河川。寫有「步道」的標示牌和巨大的松樹，像長柱[1]一樣分別聳立在兩側，她一次也沒有走出過那裡。

女孩總是滿身泥土，面無表情地喃喃自語。自己望著天空或樹林胡言亂語的時候，也是那樣的表情嗎？水憑空對她產生了同病相憐的感情，一顆心也跟著蕩漾起來。就在此時，一根乾枯的樹枝朝著水迎面飛來。

「哎呀。」

水抱住頭大喊。「嘻嘻。」耳邊傳來輕輕的笑聲，水抬起頭來，發現那女孩正摀著嘴笑個不停。他又對上了那雙眼眸，那雙讓水總是拚命逃避的美麗又恐怖的眼眸。似乎是看出水又要以迅雷不及掩耳之勢躲進河裡，女孩急忙朝著水用響亮的聲音喊道：

「我知道你一直在偷看，別想給我躲起來！」

明明只需要埋下頭就能把自己藏起來，可奇怪的是身體竟動彈不得。水沒有作聲，而是撿起那根樹枝扔了回去。樹枝掉落在女孩腳下，她撿起樹枝後又重新扔了過來。

這一次，水接住了飛來的樹枝，女孩發出與先前一樣清脆的笑聲，空蕩蕩的心開始有些悸動。女孩揮手示意要水丟回去，於是水又將樹枝扔了回去。兩人就這麼丟著樹枝直到太陽下山，像在玩傳接球一樣。遊戲結束後，水的手臂甚至有些痠痛。女孩氣喘吁吁地問水：

「你會一直在那裡對吧？」

水點了點頭。女孩從地上站起來拍拍屁股，隨後繼續說道：

「那我明天也會來找你玩。你可不要躲起來，要和我打招呼，知道了嗎？」

1 譯注：韓國的傳統圖騰柱，常見於朝鮮半島的農村，作為界標、地標或守護神成對出現。通常為石製或木製，木製一般為松木。上端刻有造型古樸、表情滑稽的人臉，人臉以下刻有漢字「天下大將軍」、「地下女將軍」、「國泰平安」等字樣。

說完她和初次相遇那天一樣揮了揮手，轉眼間便消失在黑漆漆的樹林裡。水望著女孩消失的地方，又低頭看了看手上的樹枝，蒼白的臉頰泛起淺淺的紅暈。水就這麼紅著臉栽倒在水裡，氣泡在他消失的位置咕嘟咕嘟作響。

躺在水草間的水手中緊握著樹枝，他還在想著那個女孩。她明天真的會來嗎？如果真的來了，打招呼時要說什麼呢？像上次那樣說聲「妳好」可以嗎？想到這裡，水開始煩惱起該如何稱呼她，總不能一直都叫「女孩」吧？那也未免太奇怪、太尷尬了。

在翻來覆去地認真思考了許久後，水決定暫且稱她為「林」，因為生活在水中的自己一直都被人喚作「水」。水沒有名字，也根本不會有人叫他，「水」這個名字是當年附近村裡盛傳河川鬧鬼時產生的。

當時，由於瑣碎的詭異事件頻繁發生，村民們找來了巫婆。身穿彩緞上衣的巫婆一邊跳舞，一邊對水惡言相向。村民們在一旁雙手合十，虔誠地祈求水能夠消失。那時水也跟著他們一起祈禱，他比任何人都希望自己可以離開這片河川。

當天的法事很盛大，但水沒能得到超渡，而是繼續留在河川裡。村長找來的巫婆是個冒牌貨，他們倆私下瓜分了村民們上繳的錢。在那之後，村民們便把水叫做「住在水裡的那個東西」，或者簡稱為「那個東西」，但這個稱呼太模稜兩可，村民們也覺得拗口，於是不知不覺間，他的名字便統一成了「水」。

「不要靠近那兒的水。」

「那裡的水不吉利。」

河川就這樣被拋棄了。因為不再有人提起他，所以無論是惡鬼也好，還是「那個東西」也罷，任何稱呼都已沒有意義。不過他倒是很滿意「水」這個名字，畢竟「水」給人的感覺要比惡鬼溫和親切多了。

第二天林如約而至，等待了一天的水，按照事先練習了至少一百次那樣，將瘦骨嶙峋的手掌輕輕貼在胸前，隨後再伸出去張開，緩緩地搖晃著說道：

「妳好。」

林揮舞著雙臂，回了他一個燦爛的笑容。

太陽一升起，水便將頭探出河面，凌晨的氛圍是那麼冷清。林總是隨心所欲地來，又隨心所欲地走，誰也猜不到她何時會出現。每當聽見樹叢傳來窸窸窣窣的聲音，水都會瞪大眼睛屏息以待，然而接連幾次跑出來的都只是山上的野貓或田鼠。

夕陽西下，黑暗中有個影子慢慢向河邊靠近，水不由自主地深呼吸起來，結果拖著沉重的腳步聲出現的不是林，而是握著手電筒的釣客。難得出來夜釣的他搭起簡易的小帳篷，悠閒地整理起裝備。水也明白這不是釣客的錯，但他卻莫名其妙地感到煩躁。

「看來今天是不來了。」

正當他垂頭喪氣地掰起無辜的蘆葦時，耳邊傳來腳步踩在濕潤泥土上的微弱聲音，緊接著步道的木板「嘎吱、嘎吱」地作響。水反射性地抬起頭，釣客似乎沒有察覺到動靜，依然在忙自己的事。

全身髒兮兮的林從黑暗中走出來。她是抬頭看了眼水，卻一語不發，接著便無精打采地癱坐在地上，用腳尖啪啪地踢起土來，就像在鬧彆扭。

在河邊等了一整天的水開始慌張起來，畢竟每次率先搭話或打招呼的都是林，眼前的狀況讓水感到不知所措。林看起來與平時截然不同，水能確定她現在心情很糟。看到林這副模樣，水不知道自己是不是就此消失比較好。最終他還是小心翼翼地往岸邊扔了一根樹枝，林抬起頭朝聲音傳來的方向望去，兩人的視線就這麼在空中相遇。林用嘶啞的聲音說道：

「我今天心情不好。」

水伸出手指，指了指釣客所在的方向。林瞪著圓滾滾的眼睛，順著水的手指望過去。水瞥了一眼林的表情，劃開水流來到釣客面前。

釣客正在一邊吃著泡麵，一邊愉悅地哼著歌。水將水草裹成一團，掛在魚鉤上用力拉扯。看到魚線收緊，釣客急忙放下手中的泡麵，緊緊握住釣竿。水偷偷回頭看了一眼林，林大大的眼睛裡閃爍著好奇的目光，注視著水的一舉一動。

釣客原本還興高采烈地收竿，在看到戰利品後嚇得臉色鐵青。興許是夜色太深，被魚鉤勾起的水草團看起來就像濃密的黑色頭髮。釣客嚇得尖叫著將手中的釣竿扔了出去，水趁機將水草團頂在頭上緩緩浮出水面。這下釣客徹底嚇傻了，雙腿一軟以一種滑稽的姿勢摔倒在地。

水又晃了晃頭上的水草團，釣客宛如彈簧般跳起來拔腿就跑，連裝備與泡麵都顧不上。身後傳來林開懷大笑的聲音，如銀鈴般清脆明亮。

水和林望著釣客落荒而逃的背影，一起放聲大笑起來。尤其是釣客好幾次差點摔倒的模樣，讓林摀著肚子笑得前仰後合。其實，水是因為喜歡林笑的樣子，才跟著一起笑了出來。林笑得眼淚都流出來了，她擦著眼淚對水說道：

「多虧有你，我的心情總算好多了。你下次還能再表演給我看嗎？」

水害羞地點點頭。看到林臉上憂鬱的神色褪去不少，水這才小心翼翼地開口問道：

「可……可是妳為什麼心情不好呢？」

「我在找一樣東西，但是不管怎麼找都找不到。」

「妳在找什麼呢？」

水恨不得能陪她一起找，畢竟松樹林看起來又暗又冷，他不放心林在裡頭獨自徘徊。林抬起頭望著水，隨後露出一個讓人猜不透的微妙表情。她將食指貼在嘴唇上，垂著頭低聲說道：

「這是祕密。」

那一晚，他們沒有玩丟樹枝的遊戲。林看起來疲憊不堪，水也一直心神不寧。兩人只能有一搭沒一搭地聊天，可夜裡風颳得很大，他們甚至聽不清對方的聲音。當清晨太陽快要升起時，林起身對著水說道：

「我下次再來找你。」

「嗯，我等妳。」

林轉過身消失在松樹林裡。

不知從何時開始，水發現自己整天都在等待林的到來，即便是林不在的時候，他也在思念中度過。每一刻他都豎起耳朵傾聽步道那邊傳來的聲音，只要聽到有人掠過樹叢的聲音，即使原本躺著，水也會馬上起身確認是不是林。跟林在一起的時候，每當林起身說差不多該走了，水的心裡都會湧上一絲依依不捨的情緒，甚至埋怨起離不開河川的軀殼。

「林為什麼總是在外面轉來轉去呢？」

水對林越來越好奇，好奇心帶來的焦灼感，讓整天泡在河裡的他都感到乾渴難耐，無論喝下多少綠藻叢生的水都沒有用。水很清楚，只有和林待在一起的時候，這種乾渴的感覺才會得到緩解。

水一直在等待暴風雨的到來。唯有河川氾濫的時候，水鬼才能夠踏上地面。在那種日子裡，大家都會幹些打破常規的事，各式各樣荒唐的事情都會發生，所以水鬼也能離開水。為了走進松樹林去找林，他需要雨水，一場大到足以讓河川氾濫成災的暴雨。

季節更替，在這段時間裡，水和林每天都會見面。水來到他所能夠到達的河川最淺之處，林也走到她能走到的最遠之處，兩人就這麼彼此對視。儘管如此，兩人的距離依然十分遙遠，而鬼魂的聲音又微弱無力，遇到風大的日子，不管他們喊得再怎麼聲嘶力竭，聲音都傳不到對面。林依然時常徘徊在黑漆漆的松樹林裡，臉上偶爾帶著憂鬱的神情。

頃刻間，天空下起了雨。入夏以來宛如雲霧般飄散在空中的雨，忽然傾盆而下，就像天空漏了個洞似的。河面騷動起來，水位漸漸上升。村子裡響起避難警報，聲音甚至傳到水的耳邊。

水邁出水面向松樹林走去，久違地感受到土地堅實的觸感，每走一步都會留下濕漉漉的水跡。踏過粗糙鬆軟的泥土，踩上林每天坐著的木板，松葉的香味撲鼻而來。水站在那棵高大的松樹與步道標示牌中間。被雨水打濕的松樹林看起來比以往更加深邃。水轉過身，像林平時那樣看向河川，雨滴落在水面上的瞬間泛起同心圓，又繼而輕巧地隱沒。

正當水抬起腳，準備往松樹林深處走去時，一則貼在標示牌背面的紙張映入眼簾，因為背對著河川，所以他以前都沒注意到。起初水看到黃色的紙上寫著紅色的字，還以為這是一張符咒，但是仔細一看才發現並不是符咒，而是一張傳單，是尋找失蹤人口的尋人啟事。傳單在長年歲月洗禮下褪去原本的顏色，紙張都發黃了。

〔李瑛／一九九〇年八月二〇日生／失蹤時身穿〇〇高中的校服，校服上縫有黃色的名牌。〕

水看著傳單上的照片，那是林。雖然照片上的臉有些褪色，但是她笑咪咪的模樣依舊。水的手下意識地伸向照片，此時背後傳來一個聲音。

「你是來看我的嗎？」

水嚇得匆忙轉過身來，林就站在自己面前。受到驚嚇的水差點往後倒。林聳聳肩，微笑地看著水。水連忙調整身體的姿勢，將後背倚靠在潮濕的松樹上。

「你從河川出來了。」

水注視著林光著的腳丫子，緩緩點了點頭。兩隻白皙的腳踩在黝黑潮濕的泥土上，顯得有些違和。與林沾滿泥土的雙腳不同，水的腳上長著稀疏的青苔，還纏著鐐銬般的綠色水草。林突然張開雙臂向水走來，水緊緊閉上眼睛，身體向後縮。林調皮地說道：

「我們天天見面，你怎麼還嚇一跳。」

水睜開眼睛，看到林正在用手撫平被雨水打濕的傳單。儘管傳單早已破爛不堪，但是林依舊對它視若珍寶。

水頓時感到很難為情，尷尬到只能盯著地上看。被暴雨淋濕的泥土散發出一股腥臭味。水原本有很多話想在踏上陸地後對林說，可真到了這一刻，他卻發現自己連一句話都開不了口。難道是因為他們已經太久沒有過像樣的對話了嗎？相較之下，林明顯游刃有餘得多，彷彿要把憋在心裡無處發洩的話一股腦兒地倒出來。

「我每天都會來看這個傳單，樹林裡到處都有貼，就好像某種標幟一樣。我原本住的地方在樹林裡更深的地方，那裡又黑又冷，從那裡走出來之後，我就看到了你。」

水在內心慶幸自己能被林發現。他本想感謝林，卻又覺得感謝的話難以啟齒，所以把原本微微張開的嘴緊緊地閉上。

「第一次認識你的時候，我就覺得你很害羞，畢竟你整天都躲在水裡，只露出一張臉來。」

這話所言不假，水無話可說。現在的他腦海只想著一件事：林的聲音環繞在耳邊是如此動聽。此時，林歪著頭說道：

「現在輪到你來說說自己的事了。」

「我沒有什麼可以說給妳聽的，我就是一直生活在那片河川裡。」

「我就知道你會這麼說。」

尷尬的沉默籠罩著兩人。過了一會兒，林才再度開口問道：

「那麼，你還有關於自己死亡的記憶嗎？」

水搖搖頭。林一邊喃喃自語「原來你也是啊」，一邊指了指傳單說道：

「我也一樣，所以我每天都來看這張傳單，就是為了不讓自己忘記，忘記我的名字、我的長相，還有我死去時大概的年紀。這些資訊雖然微不足道，知道了也不會有任何改變，但我還是想讓自己的記憶不要變得太模糊，而且多虧如此，我才能遇見你。」

最後一句話讓水早已乾涸的心臟怦怦直跳。也不知道林是否有感受到水的心情，她只是持續著近乎自言自語的呢喃，而水也一直耐心傾聽著。

「我走不出這片樹林，所以我大概是在樹林裡出事的吧。無論如何，我都曾經存在於這個世界上，現在也這樣存在著。雖然這裡孤獨、潮濕又寒冷，看不見我的人永遠比看得見我的人還多，但是至少我依然存在。」

林轉身望向水，兩人溫柔的目光在半空中相會。「李瑛」——水在心裡反覆默念著林的名字，因為有兩個「一」的音，所以唸起來很順，他覺得這個名字非常適合林。忽然一股莫名的衝動湧上心頭，水喊出林的名字：

「李瑛。」

林看著水，一雙大眼睛閃爍起來。水追逐著林的眼眸，她的視線先是左右游移，接著落在地面，最後回到水的身上。林開口問道：

「你叫什麼名字？」

儘管水也很想像林一樣說些什麼，但是他對於自己生前的記憶一無所知。水頓時悲從中來，面對別人的分享卻無以回報，這種心情讓他傷心不已。水只能支支吾吾地回答道：

「我忘記了，也沒有人告訴過我。別說是名字，就連自己的臉，我都好久沒看過了，所以我也不知道自己長什麼樣子。」

聽到水這麼說，林沒有跟著嘆氣，而是回應道：

「沒有的話再取一個就好了，你幫自己取個名字。」

水第一次聽到這樣的建議，這句話讓他的心跳加速，甚至感到有些恐懼，不知道自己是否有資格聽見這樣的話語。水深深低下頭，林的話語讓他莫名感到有些羞怯，不知此時應該作何反應。

「名字？幫我取名字？」

「嗯。」

林搭住水的肩膀，讓他直視自己。面對那雙筆直的眼神，水連忙回答「好吧」，恐懼也就此轉化成雀躍。林仔細想了一會兒說道：

「淺堤[2]怎麼樣？」

「淺堤？」

「你住的那條河川，好像叫做淺堤川，我上次聽被我們捉弄的釣客是這麼叫的。」

「淺堤。」

水很喜歡這個名字。其實不管林取什麼名字，水都會喜歡，更何況這個名字跟林的名字同樣有兩個「一」的音，這點讓水感到很滿意，聽起來就是一對。想到這裡，水靦腆地表示同意。林牽起水濕答答的手說道：

「那下次我們都要叫彼此的名字噢。」

雨勢漸漸減弱，是水該回去的時候了。這場暴雨竟如此短暫，在

2 譯注：此處原文為單字「淺灘（水深較淺流速快的地方）」，為配合敘述押韻，故譯為「淺堤」。

河面上時，時間流逝得那麼緩慢；和林待在一起時，時間卻又轉瞬即逝。水在心裡感嘆，真希望這場雨能一直持續下去。林像往常一樣揮舞著白皙又纖細的手，對轉身走向河川的水說道：

「下次換我去找你。」

在那之後，水經常會回味林的名字，以及自己遺失的名字。他希望下次見面時，他能有更多的話與林分享，也能和林聊得更久一點。他很好奇林每天都在苦苦尋找的東西究竟是什麼，也期待林有一天能告訴自己。只要想像那一天的到來，永無止境的死亡歲月也不再讓他感到恐懼。直到某一天，松樹林裡來了一群陌生人。

他們與之前來訪的釣客、村裡的老人或是迷路的小朋友不大相同。他們身穿稜角分明的衣服，手裡拿著幾疊紙，臉上沒有絲毫茫然、空虛或驚慌，只有整齊畫一的嚴肅，一種與生氣截然不同的嚴肅。

「考慮到將來高爾夫球場的用地規劃，這條河流最好要填平。反正裡面各種綠藻氾濫，水也用不了。而且我聽說，這裡出過不少事故，出於安全考量也不能放任不管。」

「那片陰森的樹林再加上這條河川，報價應該相當可觀吧。」

「總之先把山推了，接著在高處蓋個度假村也不錯，風景一定很好。」

他們的言談間都是些令人費解的對話，充斥著水生平第一次聽到的詞彙，但他依然從中聽出了幾個明顯的事實。他們竟然要伐光松樹林？對於水來說，自己與林住的這片河川和松樹林，打從一開始就理所當然地存在於此，水從未想過它們有一天會消失不見。水疑惑地問林：

「他們在說什麼？」

林帶著茫然的表情，語氣中帶著憤怒：

「沒有必要聽，都是在胡說八道。」

雖然嘴上這麼說，但是林所有的注意力都放在那片森林裡傳來的機械聲上。那天是橘黃色挖土機進駐的日子，兩人無法進行任何對話，鬼魂微弱的聲音輕易地就被機械聲淹沒，無論他們多麼高聲叫喊，聲音也傳不進彼此耳中。那天的林整天魂不守舍，水也越發不安起來，他感覺林似乎快消失了，因為那天林的身影看起來莫名地朦朧。

伴隨著嘈雜的機械聲，樹林裡的松樹一棵接著一棵被砍倒，那群表情嚴肅的人也不停來來去去。林常坐的那棵彎曲的松樹與步道標示牌之間已經空了快一個禮拜了。松樹急速減少，要麼被連根拔起，要麼被攔腰砍斷，地面也被挖得溝壑縱橫，松樹林正在逐漸消失，要是樹林不見了，李瑛會怎麼樣呢？

這是一個無雨的反常季節，灰濛濛的天空正在蠢蠢欲動，彷彿隨時都會下起傾盆大雨，但最後也只飄起綿綿細雨。水很害怕，怕自己再也見不到李瑛，怕李瑛會和被連根拔起的松樹一樣消失在他眼前。內心的恐懼逐漸轉化為憤怒，當初認定這裡鬧鬼就棄之不顧的人，如今卻回過頭來搞破壞，真是教人作嘔。水對人類感到憤恨不平，人類是讓李瑛消失的罪魁禍首。水已經很久沒有如此悲觀又不安的感覺，彷彿自己快要被那絕望的黑洞給吞噬了。在很久以前剛變成鬼魂的時候，他也有過這種徬徨無助的心情。從山坡地滾下來的泥土落在河川中，將河水染成不祥的土黃色。水漂浮在河面上，烏黑的眼睛裡散發著陰冷的光芒。就在此時，一個男人走進水的視線。

「是，這邊進展得很順利。昨天為了把樹拔起來費了不少力氣，也不曉得這裡的樹怎麼都這麼頑強。再過不久就可以正式開工了，不過河川大概還需要一點時間處理。」

這個西裝革履的男人之前出現過，他打扮得和上次一模一樣，頭上戴著一頂黃色的安全帽，嘴裡還叼著一根菸，宛如霧氣般的煙縈繞在他的周圍。掛掉電話後，男人將菸頭隨意扔進河裡，河流與岸邊到處都是他們隨手丟棄的菸頭。水狠狠地瞪著男人，接著往岸邊靠近。

明明空氣中沒有一絲風，但是河川的水卻翻湧起來。男人似乎察覺到這詭異的動靜，定睛望向河川。看到一個黑色影子正在一點點向自己靠近，起初他以為只是一團水草，然而並不是。那個東西有長長的黑髮、蒼白的面容、凹陷的黑色眼睛，朝著男人游過來。

男人嚇得往後退，他試圖轉身逃跑，但是身體卻動彈不得。明明在陸地上，卻像在水底一樣呼吸困難，雙腿猶如被水草緊緊纏繞般一動也不能動。男人的眼中滿是驚慌。一隻纏繞著墨綠水草的細瘦手臂伸出水面向男人逼近，男人還來不及發出慘叫就被拖進了河裡。

水使勁抓住男人掙扎的腳踝，感覺手中湧進了更多的力量。「喀嚓」——男人的腳踝折成了詭異的角度。男人的哀嚎聲被河水吞沒，他只能拚命掙扎著。就在此時，熟悉的笑聲穿過翻騰的浪花傳來，水連忙摀住男人的嘴巴，將臉探出水面，發現李瑛站在那顆彎曲的松樹與標示牌中間。

「李瑛。」

水激動地呼喊林的名字，不敢相信自己的眼睛。明明自己就是鬼魂，卻有種看到鬼魂難以置信的心情。站在眼前的真的是李瑛。李瑛就像他們剛認識沒多久時那樣，揮舞著細瘦的手臂大喊著：

「我馬上就去找你，你再等一等！」

水點點頭，也向她揮起手臂。為了能讓李瑛聽到，水扯開嗓子大喊：

「我會等妳的。」

他不知道這句話能否完整傳到李瑛的耳中，但是那份難以言喻的情感早已將他吞沒。水滿腦子都在想著要怎麼逗李瑛笑，於是他用水草纏住男人的腳踝、手腕和脖子。男人越是拚命掙扎，堅韌的水草就會把他的身體綁得越緊。

男人反覆沉下去又浮上來，宛如熱鍋裡的青蛙般奮力擺動雙腿。李瑛坐在被攔腰砍斷的松樹墩上笑個不停，水也看著李瑛燦爛地笑起來。過去的憂慮與不安在此刻消失得無影無蹤，灰暗的世界又重新明亮起來，就連散落在荒涼樹林與河邊的菸頭看起來都美麗了不少。水不停揮舞手臂直到李瑛轉身消失在樹林裡，他不是在道別，而是表示自己會在這裡等她。

第二天，男人的屍體浮出水面，而工程依然如火如荼地進行著。

水整天都在注視著步道的盡頭，他在等待李瑛的出現。標示牌的支柱早已斷裂，只能胡亂斜倚在一旁。李瑛走過的木板和貼著傳單的樹木也已不在，如今再也聽不見李瑛踩上木板時發出的嘎吱聲響了。即使李瑛來了，水可能也無法及時發現，所以他只能睜大雙眼，以免錯過李瑛的身影。對於水來說，這一刻時間流逝得比他過去經歷的任何時刻都還要緩慢。

烏雲密布的一天，樹林裡傳來尖叫聲，昏暗的天空電閃雷鳴，運轉的機械噪音也戛然而止，原本宛如螞蟻外出覓食般四散各處的工人們，紛紛朝著尖叫聲傳來的方向跑去。

「這、這裡！有屍體，這裡有一具屍體！」

人們圍在一起，合力把屍體挖出來，屍體就埋在李瑛每天走過的那堆嘎吱作響的木板下。水遠遠注視著這一幕，直到他們從泥濘的土裡挖出一具白骨，黏在上面的黑白布料碎片與李瑛的衣服有幾分相似，水才意識到那或許就是李瑛一直在尋找的東西，他慌忙環顧起四周。

李瑛從鬧哄哄的人群中擠了出來，只見滿身是土的她彎起腿坐下，呆呆地注視著那些曾經組成自己的骨頭，接著緩緩伸出雙手撫摸它們，並從裡面掏出一個泛著黃色光芒的東西。隨後她抬起頭來，往前望向水的方向。李瑛與水交換眼神，並向水露出一個燦爛的笑容，水也看著李瑛開心地笑了出來。

昏暗得讓人分不清是清晨還是傍晚的天空，突然發出一聲怪響。水抬頭往上看，斗大的雨點落在他的額頭與鼻梁上，轉眼間雨點就在水的周圍畫出一道圓圈。只見雨勢逐漸增強，雨水在不知不覺間彷彿世界即將毀滅般開始傾瀉而下。

原先聚集的人們再次一哄而散，只剩李瑛的骨頭孤零零地躺在藍色的防水棚底下。水開口呼喚李瑛：

「李瑛。」

水的聲音被雨聲淹沒，雨勢太大也讓他的視野模糊不清，縱然看不見李瑛的身影，但是他的心裡沒有絲毫不安，因為李瑛跟他約定了會來找他。水等待著洪水氾濫，也在等待著李瑛。

水從未見過如此大雨滂沱，河面迅速膨脹，堆積在角落的泥土與被連根拔起的樹木紛紛流向河川。水的世界正在劇烈地翻騰，頃刻間上漲的水勢宛如怪物般吞噬著他的四周。看著這一幕，水想起了李瑛。

霎時間，水的視野被染成白色，隨之而來的是一聲巨響，那是世界崩塌的聲音。河面震盪，天搖地動，空氣裡充斥著濕漉漉的泥土氣味。水乾癟的腳踏上濕潤的土地，抬頭望向朝著自己劈面而來的土塊。是土石流，平時那麼高聳堅固的山也像河水一樣奔騰了起來。村子裡響起警報聲，夾雜著人們的哀嚎、喧鬧和埋怨，一同鑽進了水的耳朵。

「發生土石流，請周邊所有居民儘快撤離……」

廣播在刺耳的雜音中結束。水緩緩眨著眼睛，散落的土塊與岩石填滿了整條河川。如果河川不見了，水鬼會怎麼樣呢？會跟著消失嗎？雖然這曾經是水的心願，可現在他卻高興不起來。

他想再見李瑛一面。水站在傾瀉的暴雨、泥土與岩石之間等待著李瑛，他深信李瑛一定會出現。雨滴打在他的臉上，痛得他簡直睜不開眼睛。儘管如此，水還是艱難地撐開眼睛。就在此時，一隻潔白的手出現在他混沌的視野裡，一股熟悉的聲音呼喚著自己那個尚且陌生的名字。

「淺堤。」

是李瑛的聲音。

「我來找你了。」

水緊緊地抓住李瑛伸來的手，兩隻細瘦的手握在一起，宛如兩株根莖交纏的小樹。半埋在土裡的身體突然浮了起來，水發現李瑛胸前別了一個之前沒有見過的東西，是名牌，黃色的塑膠名牌上寫著「李瑛」

兩個字。李瑛摘下名牌，把它遞給水。

「給你。」

水望著李瑛的眼睛，接過她遞來的名牌。與此同時，李瑛也在注視著水的雙眼。雨水簇擁著泥土繼續翻騰奔湧，覆蓋了村落，覆蓋了河川，覆蓋了松樹林，覆蓋了水與林的世界，覆蓋了屬於他們的樂園。樹木滾入河川，河川侵占村落，大水淹過屋頂，原本放在牆壁和地板上的文明殘骸漂浮在水面上。水眼睜睜地看著世界正發生天翻地覆的變化，他緩緩閉上雙眼又重新睜開，李瑛依然站在他面前。水用盡力氣將李瑛抱進懷裡，李瑛緊擁著淺堤。

「我好想妳，李瑛。」

他們呢喃著彼此的名字。所有的噪音消散，整個世界彷彿遁入黑暗，迎來了平靜的死寂。如今河流不再，松樹林不再，村落不再，一切都不復存在。在這顛覆混亂的世界裡，淺堤與李瑛彷彿緊緊地相擁在一起。現在的他們只剩下彼此，對他們來說，世界變成什麼樣子已經不重要了。他們闔上雙眼，任憑自己沉浸在濕潤的泥土氣息裡。

雞尾酒，愛情，喪屍

1

這是個一如往常的禮拜天早晨，至少表面上看起來是如此。泡菜豆芽湯酸溜溜的氣味刺激著嗅覺，耳邊不時傳來碗盤碰撞的聲音。珠妍一邊蹂躪著無辜的飯粒，一邊看著坐在對面的媽媽，把飯舀到湯裡的那隻手背上浮出淡淡的青筋。

「妳不吃飯在幹什麼？」

媽媽冷不防地問道。珠妍放下湯匙反問：

「要是現在這種情況還能好好吃飯，那才奇怪吧？」

媽媽夾起一片泡菜回應道：

「有什麼奇怪的？」

珠妍指了指坐在正方形餐桌前的爸爸。只見臉色蒼白的爸爸正緩緩地眨著眼睛，在空空如也的碗裡撥動著湯匙。他眼神渙散，周圍縈繞著一股淡淡的酸臭味。珠妍努力壓抑湧上內心的那份不知是憤怒抑或恐懼的感情，故作冷靜地說道：

「爸爸這樣難道不奇怪嗎？」

「妳爸怎麼了嗎？」

「喪屍！他變成喪屍了！難道妳覺得他還像活人嗎？」

媽媽的手停了下來，珠妍此時才發現，她碗裡的飯也沒有絲毫減少。媽媽雙眼通紅地盯著珠妍一言不發。爸爸依然在對著空氣比劃，「喀噠！」乾燥的湯匙打在陶瓷碗上的聲音讓人莫名地感到平靜。媽媽開口說道：

「怎麼會不像活人呢？他喝了一夜的酒，凌晨坐第一班車回家睡了一整天，凌晨又爬起來看足球，看完坐在飯桌前催著要吃早餐，他不是妳爸是誰？他只是生病了，很快就會好起……」

媽媽扭過頭，還是沒能把話說完。她做了幾下深呼吸，站起身開始整理飯桌。

「不想吃就起來，老公，你也起來吧。」

媽媽一把抽走爸爸手裡的湯匙。爸爸凝視了一會兒空蕩蕩的手，便搖搖晃晃地朝臥室走去。短短的幾步路，他踉蹌了好幾次，但神奇的是他並沒有摔倒。媽媽將碗盤端到水槽裡，自言自語起來：

「該死的糟老頭，吃那麼多還瘦了。」

嚴格來說，爸爸根本沒有吃東西，因為喪屍吃不了人類的食物，但是珠妍沒有特意反駁媽媽的話，只是附和了媽媽發的牢騷。

「爸爸臉皮這麼厚又不是一天兩天的事了。」

珠妍本想幫忙洗碗，但媽媽卻嫌水槽太小，兩個人擠在一起很悶，把她推到了客廳去。被趕出廚房的珠妍只能坐在沙發上打開電視，電視上正在播放昨晚發生的新聞。

﹁關於病毒的傳染方式，研究結果目前尚待公布，請各位市民盡量避免室外活動……﹂

新聞沒有提及具體的發病症狀和病毒的感染途徑，只是簡單地播報了幾條注意事項。這讓珠妍湧上一股茫然的心情，她一邊感受著週末清晨和煦的陽光，一邊思考未來可能發生的事情。

一般來說，喪屍的出現預示著世界的毀滅，珠妍看過的喪屍電影都是這樣演的。如果想要避免毀滅，唯有仰賴擁有超乎常人的正義感、體力和頭腦的英雄找到疫苗。然而，現實中並不存在這種英雄，所以這個世界終將毀滅。就算世界沒有毀滅，至少出現喪屍的首爾，乃至整個韓國也會滅亡。嗯……即使韓國沒有滅亡，至少他們家也必定會完蛋。

不對，是已經完蛋了！珠妍想起國中時寫的日記，裡面滿滿的都是「完蛋」這兩個字。對了，這些都不重要，珠妍好不容易才抓回那些不著邊際、到處流竄的思緒，重新整理起眼前的情況。

從昨天開始，首爾各地開始出現喪屍。官方報導的第一個案例是自營業者B先生，他在醫院的急診室裡攻擊了他的妻子C女士和醫生，在後續逃跑的過程中被警方擊斃。醫生從B先生身上取出十二顆子彈，根據周圍目擊者的說法，在眉間被第十二顆子彈打中以前，B先生一直都在動。

同樣的事件還有三例。昨晚珠妍和補習班同事聚餐期間，被宿醉折磨了一整天的爸爸突然口吐黑血，失去了意識。雖然媽媽急忙撥打一一九求救，但是救護車一直沒有來。當珠妍爛醉如泥地回到家中時，爸爸的嘴唇和牙齒都發黑了。媽媽握著手機失魂落魄地坐在昏暗的客廳裡，面無表情地吐出一句話：

「妳爸他……好像生病了。」

新聞報導中的喪屍全數遭到射殺。媽媽不忍心就這樣把爸爸送走，她認為政府總會採取某種措施，所以直到國家拿出對策之前，她想先讓爸爸留在家裡，珠妍也默許了。或許有人會覺得很愚蠢，甚至指責她們這麼做是在當老鼠屎，但又有多少人能親手送不久前還生龍活虎的親人去死呢？就算那是一個讓自己埋怨不已的親人。

爸爸變成喪屍的第三天，珠妍發現了一個事實，那就是喪屍會不停重複生前的作息。爸爸每天早晚都會坐在餐桌前，示威般地向媽媽討要食物，明明他根本吃不了。每每看到爸爸這樣，珠妍的心情都無比煩悶。好吧，喪屍當然會餓，但是她們又不能真的給他端人肉上來。

「是不是應該把他綁起來比較好？」

「綁起來？妳說要把妳爸綁起來？」

媽媽彷彿聽到什麼不可理喻的話似地反問珠妍。珠妍嘆了口氣，把頭髮抓得亂蓬蓬的，因為不忍心讓媽媽獨自扛起照顧爸爸的重任，她已經連續三天沒去補習班上班了。雖然請假申請獲准，暫時解決了燃眉之急，但她也不知道自己這樣還能堅持多久。

即使爸爸變成喪屍，日子也還是要過，前提是得有生活費。媽媽是全職家庭主婦，珠妍在升學補習班上班。這份工作雖然做了很久，但她很清楚這不是一份穩定的工作，所以她本來計畫存錢考研究所，可如今遇到這種情況，她也拿不定主意。身旁的媽媽一邊盛飯，一邊用空洞的聲音說道：

「沒關係，會好起來的。」

根本不可能好起來，珠妍會認為他們家完蛋了的原因就在於此，畢竟生活費還是得仰賴爸爸定期準時拿回家的錢，沒錯，就是這老頭掙的那些該死的錢。珠妍在補習班賺來的錢只能應付母女倆當下的生活開銷，壓根別想奢望存什麼錢，別說為養老做準備了，或許連生活的最低標準都達不到。就算從補習班離職找其他工作，除非出現奇蹟讓她錄取大企業，否則收入大概也不會有明顯的改善。

媽媽到底是怎麼想的呢？家裡的儲蓄究竟還有多少？難不成要把房子賣掉出去做點小生意？那萬一失敗了怎麼辦？珠妍越想越迷茫，越想越絕望。她面無表情地盯著電視，默默切換頻道，每一臺都在播放差不多的內容。

﹁市內發生令人難以置信的喪屍傷人事件。目前尚未確定第一批感染者的人數，亟需各位國民的迅速應變與協助。如果發現喪屍，請撥打九九九通報，各位市民請務必牢記在心。﹂

在爸爸感染後的第三天，才有關於喪屍的正式報導，表示暫未查明感染源。雖然新聞播出公務人員穿著嚴密厚實的防護服四處巡邏的畫面，可仍然沒提及任何有用的資訊。在喪屍電影中，一旦出現感染者，整個世界馬上就會變成人間煉獄。難道是這次的病毒力量太弱了？她站在公寓陽臺上俯瞰下去，街道的風景一如既往地平靜。除了偶爾傳來的警笛聲，以及街頭多出的武裝警察以外，整個世界並沒有多少改變。

不一會兒，或許是到了吃飯時間，爸爸從臥室走了出來。珠妍凝視著正在逐漸腐爛的爸爸，他面對空無一物的碗盤，顫抖著撥動湯匙的身影顯得很悲哀，那副落魄的模樣看起來和生前沒什麼兩樣，甚至讓珠妍不禁有些懷疑他是否真的「死」了。

除此之外，爸爸也重複著生前其他的行為模式——週末睡到下午四點，無所事事地按著電視遙控器，偶爾還會拿出一本書倒舉在空中。最難搞的是平日早晨，爸爸會稀裡糊塗地披上西裝外套，說什麼也要出門上班，此時珠妍和媽媽只能早早起床，用高爾夫球桿、頭盔和繩子全副武裝阻止爸爸去上班，每天早上都是一場戰爭。

她們還有幾次差點被拚命反抗的爸爸咬到。網路上關於第二批感染的恐怖流言傳得跟真的一樣。在這段身不由己的假期中，珠妍時常會在網路上搜尋「如果不幸成為第二批感染者，是不是自殺比較好呢？」之類的問題。

爸爸感染後的第七天，在一個星期六的早晨，最糟糕的情況還是發生了。或許是因為飢餓感已經瀕臨極限，爸爸試圖咬向正在收拾廚房的媽媽，所幸從廁所走出來的珠妍及時抓起椅子丟過去制止了他，要是稍晚一步，後果簡直不堪設想。

爸爸被珠妍砸中了腰，在原地掙扎了好久都沒能站起來。珠妍前往雜物間，拿出繩索和膠帶。

「沒辦法了，媽媽，我們得把他綁起來才行，他已經不是我們認識的那個爸爸了。他隨時可能再次攻擊我們，如果被喪屍咬到的話，我們很有可能同樣會被感染，妳也看過《末日之戰》[3]吧？」

「……。」

爸爸腐爛得越來越厲害，身上散發的惡臭已經無法再用香氛蠟燭或通風來掩蓋，而且一直未能進食也讓他越發暴躁。新聞上依然隻字不提疫苗的研發進度，珠妍握住媽媽的手低聲說道：

「媽媽，妳必須振作起來。」

媽媽嘆口氣同時點了點頭。

那天傍晚，媽媽和珠妍分別拉著繩子的兩端，等待爸爸坐到廚房的餐桌前。影子在夕陽的拉扯下變得斜長，到吃飯時間了。爸爸分毫

3 譯注：原文片名《World War Z》，美國動作恐怖電影，描述在喪屍病毒肆虐後，主角走遍全球與喪屍對抗並且阻止病毒蔓延的故事。

不差地一拐一拐走出來，拉開椅子一屁股坐下，稀裡糊塗地拿起筷子，撥弄面前空空如也的碟子。在一旁看著的珠妍起了惻隱之心，但她還是將繩子套向爸爸的頭頂。粗重的繩子快速纏住爸爸的上半身，爸爸宛如掉進陷阱的野獸般掙扎起來，珠妍運用在登山社團學到的熟練手法迅速給繩子打上了結。

大功告成後，媽媽和珠妍都累得汗流浹背，上半身綁在椅背上的爸爸看起來就像一個被綁架的人質，手上還死死地握著那雙筷子，珠妍見狀一把抽走筷子。

「反正也吃不了，一直抓著它做什麼？」

「呃啊，呃啊。」

爸爸劇烈晃動著身體，看到空洞的眼神，珠妍無奈地放低聲音說道：

「對不起，爸爸，可是我們也無能為力，總不能為了你去殺人吧？

你再忍一下，總會有什麼辦法的。」

嘴上雖然這麼說，但是珠妍完全看不到希望。爸爸的心臟早已停止跳動，又有什麼疫苗能起作用？早從幾天前開始，那個聲音便一直在珠妍的腦海中陰魂不散——「如果發現喪屍，請撥打九九九通報」。

在合力將爸爸連同椅子搬進臥室後，珠妍和媽媽回到客廳打開電視。最近她們看電視的時間越來越多，之前追的週末連續劇早已停播，取而代之的是緊急新聞快報。

〔現已查明喪屍病毒的感染源。在江南一處湯飯店發現的……〕

2

爸爸到底是怎麼變成喪屍的呢？其實這才是珠妍最為好奇的。因為在變成喪屍以前，爸爸那一整天都過得平凡至極：下班後與幾個同事到烤肉店吃飯，吃完就去卡拉ＯＫ唱歌，接著再去啤酒屋[4]小酌一杯，最後趕在第一班車發車前去同學開的湯飯店醒個酒。雖然他愛喝酒、食古不化、大男人主義，還很難溝通，但也沒捅出過什麼大婁子。爸爸在藥廠上班，人前是安守本分的社會人士，在家裡卻像皇帝一樣高高在上，是典型不到六十歲的慶尚道男人作風。

難道問題出在這裡嗎？就因為爸爸上班的地方是一間藥廠？喪屍病毒似乎都是這樣傳播的。珠妍的腦海中浮現出那些講述藥廠的邪惡陰謀導致全世界陷入混亂的末日電影，她隨口都能列出好幾部。

可如果真是這樣的話，病毒的傳染力未免也太弱了吧？而且儘管爸爸在藥廠工作很多年，也沒有爬到可以接觸喪屍病毒這種致命物種的級別，他只是個跑業務的。

珠妍想破腦袋都想不出個所以然來，畢竟那天的爸爸只是喝了一整晚的酒爛醉如泥，除此之外沒有任何異常之處。

〔根據相關部門公布的消息指出，現已證實喪屍病毒的感染源為湯飯店供應的蛇酒，寄生在野生爬蟲類動物身上的變種寄生蟲入侵了飲酒者的身體。請各位觀眾現階段切勿服用蛇酒等浸泡酒，衛生當局預計將在十點舉行正式的新聞記者會。〕

原來問題出在酒上，真是荒唐。珠妍難以掩飾內心的震驚，緊盯著新聞快報，搖搖晃晃的攝影機鏡頭捕捉到滾落在湯飯店地板上的透明酒缸，一條大得宛如模型般的巨蛇蜷縮在裡面。

用活蛇浸泡而成的酒——蛇酒。珠妍啞然失笑，明明面對這種情況不該笑，但是笑意卻不自覺地湧出，她發現媽媽的反應也與自己大同小異。母女倆彼此對視，「哈哈……」地笑了出來，到頭來還是因為那些該死的酒，才會導致這場災難。

4 譯注：主要提供生啤酒和炸雞等下酒菜的韓式啤酒店家。

據說那條蟒蛇活了很久，體內的寄生蟲長時間接觸酒精後非但沒有死去，反倒還進化了。只要有人把酒喝下去，牠們就會啃食他的大腦，寄生在感染者的頭顱裡，讓器官逐漸腐爛，把宿主變成失去人性與理智的喪屍，進而操縱比自己大上數百倍、數千倍的生命體。

珠妍曾經看過一部講述蛇酒製作過程的紀錄片，裡面提到為了讓蛇的「精氣」徹底融入酒液，必須讓蛇在活著的狀態下塞進酒缸。爸爸怎麼連那麼噁心的酒都喝得進去呢？幾輪對爸爸無謂的埋怨，讓珠妍漸漸覺得有些委屈。為什麼明明每次闖禍的都是爸爸，痛苦的卻是她和媽媽？

「來酒不拒」——這是爸爸畢生的信條。他每週至少有三天都會醉眼迷離地回家，和珠妍念叨因為接了別人勸的酒，喝著喝著就喝成這樣了。當時還在青春期的珠妍並不能理解爸爸的說詞。

「別人勸的酒就都得喝掉嗎？喝不完就拒絕啊！」

「人生在世總有身不由己的事情，等妳長大後就會明白了。」

把蛇酒喝下肚也是身不由己嗎？珠妍怎麼想都覺得，那只是爸爸找的藉口，畢竟他一天到晚都喜歡找藉口。在不熟悉的股票上賠錢時，他找藉口；當著別人的面嘲諷一週出門一次的媽媽是好命的臭婆娘後，他找藉口；把媽媽氣哭又將全家旅遊時買的大象木雕朝她扔過去後，他找藉口；被發現把某個女人的電話號碼命名為根本不熟的大姑丈時，他找藉口，爸爸每次都是這一招。面對再也不能找藉口的爸爸，珠妍在心裡暗自嘲諷道：

「找什麼破爛藉口，看看你自己，現在變成喪屍了吧！」

新聞快報的最後一個畫面是湯飯店發現的蛇酒，以及蛇酒中寄生蟲在顯微鏡下放大影像。珠妍呆呆地注視著緩緩移動的寄生蟲，牠們細如髮絲，表面卻有各式各樣的細胞在蠕動。就連那麼小的生物都會進化，為了生存而變異，那我們為什麼還是這副模樣呢？

珠妍關掉電視，臥室又傳來呻吟聲，吵醒睡在沙發上的媽媽。媽媽揉了揉眼睛，換個睡姿嘀咕起來：

「看來妳爸爸又餓了。」

補習班的課從下午六點持續到晚上十點。珠妍把爸爸的繩子捆得更緊一點，還是不太放心，所以又銬上事先在網路上買好的手銬。媽媽也不知道在想些什麼，整天都愣愣地坐在家裡發呆，即使現在已經不需要準備三餐了，她仍然足不出戶。珠妍頓時覺得悶得發慌，逃也似地跑出家門。

街道上一個行人也沒有，車道卻擠滿了車輛，人們已經恐慌到沒幾步路都要開車代步。珠妍今天比較早出門，所以打算一路走到補習班。走著走著，她不禁感慨起大家對於升學的執著與狂熱，在這種時局下，補習班竟然還沒有停課。珠妍一到補習班就去找校長，主動表示願意把特別輔導排滿。每到特別輔導期間，補習班都苦於人手不足，所以校長毫不遲疑地同意她的申請。

課堂上發生一次短暫的騷動，起因是新聞的緊急快訊，裡面提到政府已經掌握湯飯店第一批感染者的資訊，將於今晚十一點發表針對第二批感染的臨床研究結果。可想而知，爸爸肯定在即將發表的名單上。

政府會派人過來嗎？我們是不是得把爸爸交出去？網路上也流傳著政府為了開發疫苗，會把感染者帶走拿去做人體實驗的說法，珠妍認為這不全然是空穴來風，畢竟現在的情況確實撲朔迷離。珠妍閉上眼睛稍作休息，明明什麼都沒吃，她卻覺得肚子脹得厲害。

下班後，珠妍選擇和來的時候一樣步行回家。晚上十點，她走在充斥著補習班的街頭，身邊擠滿了前來接孩子下課的車輛，各種聲音湧入她的耳裡。有的在詢問成績，有的在誇獎孩子，有的在談論錢的問題……疲憊、抱怨、擔憂與關愛相互穿插，無數個家庭傳來的聲音交織在一起。

珠妍開始思考，家人對於自己來說究竟為何。她愛爸爸嗎？她愛，但並不是只有愛。爸爸隨意欺負媽媽，總是固執己見自以為是，她也常常產生不想再見到爸爸的想法。老實說，想到爸爸時更多的是討厭的記憶。媽媽也一樣，她很愛媽媽，但她無法理解跟爸爸一起生活的媽媽，有時候甚至會有種「恨鐵不成鋼」的感覺。當媽媽把在爸爸那裡受的氣出在自己身上時，珠妍覺得她和爸爸一樣討厭。

即便如此，珠妍在表面上依然笑笑帶過，用他們給的錢考大學，用他們給的錢生活。珠妍偶爾還會對爸媽說「我愛你」，她也很清楚父母對自己的愛其實比任何人都多，所以有時候甚至會嫌棄這樣的自己，一切的厭惡底下埋藏的終究是愛。

所有的家庭都是這樣的吧？只有愛沒有恨的一家人，那種東西不是只會出現在電視上嗎？但那些都是虛假的。因為珠妍知道，唯有適當的虛假才能維持世界的運轉。

呼吸著夜晚寒冷的空氣，珠妍感覺神清氣爽多了。她從遠處望向媽媽與喪屍爸爸住的公寓，客廳隱約透出微弱的燈光，看來媽媽還沒睡。珠妍做了一個深呼吸，按下電梯按鈕，是時候結束這種虛假了。

打開大門，香氛蠟燭的人造花香與臥室裡發出的酸臭交織在一起的詭異氣味撲鼻而來，尤其是珠妍待在外面一整天，那股味道顯得更為濃烈。媽媽開著電視孤零零地坐在昏暗的客廳裡，就和珠妍出門時一模一樣。珠妍走近那無精打采的身影開口說道：

「媽媽，我們……把爸爸送走吧。」

媽媽依舊呆愣愣地把玩著遙控器，一語不發。珠妍從她的手裡搶過遙控器，關掉吵鬧的電視。儘管客廳裡寂靜無聲，媽媽的聲音聽起來依然是那麼微弱。

「我……我也不知道。」

「媽媽。」

「妳爸爸不在了，我們要怎麼活下去？」

「我們要學著過好自己的生活。」

媽媽沉默地凝視著珠妍。珠妍揉著隱隱作痛的額頭說道：

「妳看到今天的新聞快報了吧？馬上就會有公務員上門檢查爸爸的情況，他已經沒救了。」

媽媽嘆了口氣，強忍著淚水語帶哭腔地說道：

「我好害怕，珠妍。沒了那個粗魯的老頭子，我要怎麼活下去？」

「那也沒辦法啊。」

「是沒辦法，妳說得對。」

媽媽點點頭，彷彿是默許了即將發生的事。接著她抬起頭，直勾勾地盯著珠妍說道：

「我有時候會覺得……妳真的很像妳爸。」

客廳裡安靜得可怕，媽媽不停用手胡亂搓揉著臉頰，珠妍一臉茫然地坐在媽媽面前。不知過了多久，媽媽終於安撫好自己的情緒，打破了沉默：

「今天妳出去上班的時候有人打電話來。」

「是誰打來的？」

媽媽掏出手機遞給珠妍，對方是爸爸的同事，珠妍曾經見過幾次。

「他說願意在規定的基礎上多給我們一些離職金，只希望我們能在消息傳出去之前把妳爸處理成生病或意外死亡。」

「離職金……。」

「他們想阻止這次的風波繼續蔓延下去。這還用說嗎？整個公司都亂成一鍋粥了，畢竟至今為止的感染者全是他們公司的員工，偏偏他們又是一間藥廠，輿論當然就延燒得更厲害了。」

珠妍點了一下對方傳來的圖片，那是一張名片的照片，紅底上印著一排土裡土氣的黑體大字。

〔喪屍處理服務，從死亡到火化一次搞定！——Z葬儀社〕

「這是什麼？」

珠妍失神地問媽媽，媽媽用近乎虛脫的語氣回答道：

「還能是什麼？他叫我們打這個電話，說會有人來處理妳爸。」

珠妍想起自己也在網路上看過相關的資訊，最近有人開始做起這門生意，當然感染者的親屬要付相對應的報酬。據說要是把感染者交給政府，親屬連屍體都要不回來，這個傳聞早已成為公認的事實，所以想要幫變成喪屍的親人留個全屍的人大部分都會選擇這種私人服務。

媽媽喃喃自語道：

「我給他收拾了一輩子的爛攤子，到頭來連死了都要我來幫他擦屁股。對了，今天政府不是說要發表什麼嗎？打開電視來看看。」

媽媽的眼睛裡布滿血絲，珠妍撿起地板上的遙控器遞過去。媽媽按下電源鍵，用力到殷紅的血色都湧向了指尖。珠妍猛然意識到，在很長的時間裡，媽媽應該都是這樣熬過來的——使出全身的力氣，強壓住從內心深處湧上的各種情緒。

電視上正在直播新聞記者會現場，大概十五個身穿研究服的專家並排坐在一起，其中一個看起來年紀最大的人站起來走向講臺。

「第一批感染者引起二次感染的機率是百分之五十，目前暫未發現其他影響感染的因素。當第一批感染者牙齒中分泌的細菌與非感染者的血液混合時，病毒會產生反應，被感染者的嘴唇與牙齒隨著病程進展會出現發黑的症狀。如果看到有類似症狀的人，請立即撥打喪屍通報專線九九九。」

雖然他還用艱澀的詞彙和圖表進行了各種說明，但總而言之不外乎就是以上內容。專家說明完後，記者接連不斷地提出有關疫苗的問題。專家表示，在研發疫苗的同時，他們也會致力於感染者的隔離工作，隨後便結束了記者會。媽媽關掉電視，在客廳鋪起被子。

「明天打過去問問吧。」

媽媽裹著被子背對著珠妍躺下，她看起來是那麼弱小，小到甚至不像媽媽。自從臥室被爸爸占據後，珠妍就和媽媽一起睡在客廳裡。也是在爸爸變成喪屍後，珠妍才知道媽媽在睡覺時會磨牙。

3

「不是，這跟說好的不一樣啊！」

〔昨天的承諾不算數了，這是上面的決策，所以我們也無能為力。

真的很抱歉，但這已經是既定的事實，改變不了。」

珠妍氣急敗壞地掛掉電話，她怕再聽下去自己真的會飆出髒話來。

「他說離職金只能按照規定給，明顯是因為第一批感染者名單已經公開了，政府會出面處理，所以他們不想再多付額外的費用。」

爸爸上班的公司一大早就打電話來，一夜之間改變了說辭，表示只會支付規定額度的離職金。

起初珠妍並不在意離職金的金額，但是在問完葬儀社的收費標準後，她徹底改變了主意，因為這些業者的收費標準高得超乎想像，她們需要錢。最終她們只能放棄正規公司，轉而選擇私人業者，好不容易找到符合預算的業者，但是對方的服務只包含提供器材和協助舉辦葬禮，處理喪屍的環節還是得要自行搞定。

珠妍焦急地計算著即將進帳的錢與未來的開銷，雖然爸爸在藥廠上班的年資不短，相應的離職金足以委託不錯的業者幫忙處理，可如果真的用在這上面，以後母女倆的生活便成了問題，因為剩下的錢實在太少了，根本不足以讓她們開始新生活。

臥室裡傳來咆哮聲，飢腸轆轆的爸爸日益凶殘，樓下鄰居已經因為噪音問題上門投訴過好幾次了。不能再這樣拖下去了，珠妍一臉鬱悶地自言自語起來。

「該怎麼辦才好呢？」

這句話與其說是尋求答案的提問，不如說更像是心煩意亂下的抱怨。此時原本一直默默凝視著珠妍的媽媽忽然起身向廚房走去，在櫥櫃裡翻找一陣後，回到客廳遞給珠妍一本東西，那是存摺。

「這是我存的私房錢，本想等妳結婚時再給妳。這筆錢先拿去應急，妳爸的離職金和保險金就存起來吧。」

珠妍直直地盯著媽媽遞來的存摺，至於金額多少，她根本沒有認真看。媽媽拿起珠妍的手機，打開最近的通話紀錄，輕描淡寫得就像在點一碗炸醬麵。

「我們是剛剛打過去諮詢的人。我們決定好了，想跟您定個日期。」

她們就這樣將送走爸爸的日期定在三天後。

第二天，很久沒打扮的珠妍簡單化了妝，帶著媽媽一起出門。她們先到銀行把訂金匯過去，收到確認簡訊後，又領了點現金以便結束後支付尾款。午餐珠妍帶媽媽去吃好久沒吃的義大利麵，媽媽雖然覺得不好吃，卻表示很開心，心情輕鬆了不少。下午母女倆又去了書店，買了媽媽之前幫珠妍看好的證照考試教材。

「都忘了我們有多久沒有一起出門了。」

「對呀。」

珠妍緊緊靠在媽媽身旁，與媽媽肩膀貼著肩膀。看到她這個樣子，媽媽抿著嘴微笑起來。一股莫名的希望在心裡滋生，讓珠妍覺得她們以後一定可以過得很好。她們一定要好好活下去，如果只因為少了爸爸家裡就亂成一團，那也未免太可悲了。即使沒有爸爸，她們也要好好活下去。

一直逛到傍晚時分，兩人才回到家。珠妍提著超市購物袋，媽媽按下電子門鎖的按鈕。門一打開，臭烘烘的氣味直衝玄關，遠比平時刺鼻得多。珠妍滿心狐疑地和媽媽一起踏進家門，結果離玄關最近的廁所門被猛然推開，爸爸怪叫著衝了出來。粗重的繩索和手銬還掛在他的手臂上晃呀晃，也不知道他是如何掙脫的。

珠妍下意識地將媽媽推開擋在前面。媽媽的背一口氣撞在鞋櫃上，踉蹌得差點摔倒。珠妍緊緊閉上眼睛，她能感覺到爸爸粗短的牙齒正在用力嵌入她的脖子，那些黑不溜秋的牙齦上長出的牙齒怎麼會有這麼大的力量？珠妍痛到發不出聲音，在一旁的媽媽尖叫起來：

「你……你這死老頭！」

媽媽出現在珠妍的視線裡，不知何時，她已經站在想要撕咬自己皮肉的爸爸身後。珠妍重新閉上眼睛，耳邊傳來「砰」的一聲，爸爸這才鬆開珠妍的脖子癱倒在地。珠妍抓著泛著淡淡血痕的脖子睜開眼睛，震驚地看著眼前異樣又陌生的場景：媽媽正拿著高爾夫球桿猛打爸爸。

回過神來的珠妍急忙拿起繩索，跨坐在爸爸遍體鱗傷的軀體上，手忙腳亂地綁住他的上半身。看到爸爸跺著腿拚命掙扎，於是珠妍把他的雙腳也綁了起來。儘管脖子不時傳來刺痛，所幸肉沒有被咬下來。

好不容易把爸爸綁好後，珠妍才終於坐下來，似乎是不敢相信眼前發生的事情，兩人沉默了好一會兒。隨後悔恨湧上珠妍的心頭，既然和喪屍住在一起，理應做好萬全的準備，是她太大意了。媽媽失魂落魄地爬到珠妍身邊，想要撫摸珠妍的脖子，珠妍撥開媽媽的手說道：

「以防萬一，還是不要摸比較好。」

珠妍照了照鏡子，脖子上留有爸爸清晰的齒痕。媽媽掛掉電話，走到珠妍面前。

「我，我去拿急救箱過來，妳等一下。」

每動一下脖子，珠妍都會感到刺痛，媽媽在陽臺櫥櫃裡翻找急救箱的背影看起來模糊不清。她閉上雙眼回想剛才的場景，媽媽竟然會用高爾夫球桿猛打爸爸，真是搞笑。想到這裡，珠妍不由自主地笑了出來。她看向一旁被緊緊綁住還在不停掙扎的爸爸，嘀咕了一句：

「爸爸，現在在你眼裡，連女兒都成了食物了嗎？」

珠妍一拐一拐地走向客廳，隨後陷入沉睡。等到再次睜開眼睛時，媽媽正在用沾滿消毒藥水的酒精棉球為她擦拭傷口。每當棉花糖般的觸感掃過後頸，珠妍的肩膀都會顫抖一下。媽媽的動作細膩又溫柔，珠妍這才想起，媽媽在和爸爸結婚前其實是一名護理師。

「不會有事的。」

媽媽一邊這麼說，一邊點了點頭，聽起來彷彿是安慰自己的咒語。

本以為媽媽會哭出來，但是媽媽出乎意料地沒有哭，反倒是珠妍好像要忍不住淚水了，於是她把頭埋進被子裡，對躺在身邊的媽媽說：

「妳不要躺在我旁邊，要是我突然變成喪屍怎麼辦？去我的房間睡吧。」

「沒關係，如果妳真的變成喪屍了，那就咬媽媽吧。」

「別亂講這些奇怪的話。」

「媽媽是說真的，妳一定要咬媽媽。」

媽媽隔著被子緊緊地抱住珠妍，珠妍吸著鼻涕閉上眼睛，可她卻遲遲無法入睡，便一直安靜地蜷縮在媽媽懷中。過了一會兒，頭頂傳來均勻的呼吸聲。珠妍睜開眼睛，抬頭看向媽媽，發現媽媽磨著牙睡著了。從她緊閉的雙眼與嘴角來看，可以感受到歲月留下的抓痕。珠妍抬起手，輕輕撫摸著媽媽的臉龐。

爸爸低吼聲響徹整個夜晚。他們全家人也曾有過一起歡笑的日子，可那已經是什麼時候的事了呢？伴隨著這樣的思緒，珠妍徘徊在淺淺的夢中。

她夢到小時候，那時的她小巧得甚至能一屁股坐在爸爸的腳背上。午夜時分前喝到微醺的爸爸走進家門，看起來心情很好。喝完媽媽遞過來的蜂蜜水後，他一把抱住珠妍，一邊高喊「坐飛機囉！」一邊晃動手臂。當時的珠妍笑得好開心，彷彿自己是全世界最幸福的人。

爸爸把珠妍放到地板上，她又搖搖晃晃地爬回去，抱住爸爸的腳踝，一屁股坐在腳背上，就像貼在老樹上的蟬，也像一隻可愛的小樹懶。爸爸會故意發出滑稽的叫聲，邁開大步向前走，珠妍咯咯笑個不停，就像在坐遊樂設施般。爸爸豪爽地大笑出聲，媽媽也抿著嘴微笑，大家都開心地笑著。明明他們也曾有過如此幸福的時光。

一覺醒來，珠妍的嘴唇已經泛出紫色，媽媽安慰她：

「沒事的，珠妍。媽媽陪在妳身邊。」

怎麼可能沒事？珠妍像個孩子般，在媽媽面前哭了起來。

4

葬儀社派來的女人臉上爬著一道長長的傷痕，從下巴一直延伸到額頭。她自我介紹自己叫做「敏」，隨後毫無顧忌地拿出各種殺氣騰騰的工具擺在餐桌上：斧頭、電鋸、散彈槍、十字鎬。正是這份泰然自若的氣勢，讓她看起來確實像個老手。珠妍小心翼翼地提出心中的疑惑：

「請問您是怎麼開始做這一行的？」

女人瞥了一眼珠妍，有些不耐煩地回答道：

「工作就是工作，沒有什麼契機可言。我的爺爺以前是個獵人，不知不覺我現在也靠這門手藝謀生了。」

珠妍靜靜地點點頭。敏的目光轉向珠妍後頸上的傷疤，讓珠妍不由自主地縮了縮脖子。

「妳被咬了？」

「對。」

敏拿起散彈槍。

「我小時候聽奶奶說過，巨蟒的詛咒會延續三代，所以我猜這次的事件也要到第三批感染者才會結束。」

這番推論聽起來十分可信，比起新聞上吵得沸沸揚揚的變異寄生蟲、感染、病毒之類的專業名詞，敏口中迷信的說法反倒更像那麼一回事。珠妍抱著死馬當活馬醫的心情問道：

「難道就沒有補救的辦法嗎？」

敏忽然抬頭看向珠妍，不知為何，珠妍覺得她的視線就猶如蛇一般。隨即女人又轉過頭去，幫散彈槍上油，喀嚓喀嚓地組裝起來。敏從簡易口袋裡掏出彈藥裝填上去，一邊回答珠妍：

「我們獵人之間確實知道一個方法，等完事後再說吧。」

在這段時間裡，媽媽就像在準備什麼儀式一樣，雙手交叉在胸前，目不轉睛地注視著爸爸，臉上的表情無比悲壯。珠妍看不透媽媽的目光中隱含的是什麼，上一秒媽媽還像在看世界上最可憐的人一樣，眼神裡充滿同情與憐憫，下一秒整張臉又突然扭曲起來，彷彿面前站著什麼可怕的生物。

珠妍開始想像即將發生的事情。為了徹底停止喪屍的活動，她們必須先把被寄生蟲感染的大腦打碎。此時，完成組裝的敏將散彈槍遞給珠妍。費用低廉的代價，就是必須由委託人親自動手完成制伏與射殺的工作。珠妍接過槍，喉嚨沒來由地感到乾澀。這樣真的可以了結一切嗎？真的可以就這樣送走爸爸嗎？這麼做是對的嗎？為什麼一切結局都是如此讓人難以面對呢？

珠妍不自覺地撫摸脖子上的齒痕，它恐怕是爸爸留給自己最後的印記了。如果找不到解決方法，自己大概也會步上爸爸的後塵，說不定就連媽媽也會變成喪屍……全家人相親相愛地共赴黃泉，這是多麼慘烈又俐落的結局呀。昨夜夢裡的那三張笑臉頓時掠過腦海，讓人倍感諷刺。

「等等，等一下。我……」

珠妍放下槍，痛苦地喊道。敏皺了皺眉頭，疑惑地轉身望向珠妍。

「一分錢一分服務，妳知道吧？」

「我知道，我知道，只是……請先等一下。」

爸爸被綁在珠妍面前，一邊流著口水，一邊扭動著身體。珠妍緊咬住嘴唇，她也不知道自己想要怎樣。她必須把爸爸處理掉，如果現在不開槍，只會有更糟糕的結局在等著她們，可她依然猶豫了。如今她才恍然發現，自己還有很多話來不及和爸爸說，但是爸爸應該已經聽不見了。

「唉，真是傷腦筋！」敏撿起槍。就在此時，一直縮在後面的媽媽突然從兩人中間擠出來，一把搶過敏的散彈槍。

「直接這樣按下去就可以了嗎？」

敏稀裡糊塗地點了點頭。

「呼。」也不知道是誰倒抽了一口氣，是自己，是敏，抑或是媽媽？珠妍抬起頭注視前方，看到媽媽站在眼前一步之遙的地方，把槍口指向爸爸。雖然媽媽的姿勢非常鬆垮，舉著又重又長的散彈槍看起來十分吃力，但是槍口卻沒有絲毫偏移地對準了爸爸。媽媽的聲音裡充滿鬱悶與憤怒：

「你這該死的老頭，到死還要給孩子添麻煩。」

「媽媽！」

所有動作都在瞬息之間完成。伴隨著「砰」的一聲，腐爛的血味鑽進鼻腔，媽媽雙腿的力氣彷彿也被出膛的子彈抽走，直接癱坐在地上。原以為媽媽會抱頭痛哭，但她只是坐在那裡，呆愣愣地盯著地板。一切就這麼結束了，掉在地板上的散彈槍胡亂滾動著。

敏面無表情地收起自己的裝備，珠妍這才回過神來望向眼前的慘狀，爸爸破碎的頭顱流出近乎黑色的血水。珠妍伸手扶起媽媽，媽媽的臉色猶如撞了鬼一般慘白。將媽媽扶到沙發上後，珠妍再次回到屍體旁。屍體，爸爸終於變成屍體了。珠妍抬起頭，鞋櫃旁牆上的鏡子倒映出自己的模樣，或許是心理作用，嘴唇的顏色似乎變得更深了。可笑的是，珠妍突然有種預感，自己的生命也得託付給媽媽來了結。想到這裡，她的心情頓時輕鬆了不少。

敏蹲坐在屍體前好一會兒，她戴著醫用手套，在碎裂的頭顱裡翻來找去。「找到了！」敏從爸爸的腦袋裡抽出一條長長的東西。

珠妍皺起眉頭，不敢相信自己眼前看到的東西。那是一條蛇，從爸爸的腦袋裡鑽出來的小蛇，小巧到簡直分不清是蛇還是蚯蚓。敏一把掐住牠的脖子，把牠塞進細密的網子裡。在一旁看著的珠妍問道：

「這個要丟掉嗎？」

「要拿給巫婆，如果直接丟掉的話，可是會出大事的。」

「對了，您之前說要在完事後要告訴我的是什麼？」

敏忽然抬起頭，看了看珠妍，又看了看媽媽。珠妍焦急地催促起來：

「請告訴我吧！」

敏一邊把裝有蛇的網子綁緊，一邊開口說道：

「我的爺爺也是喝了蛇酒過世的，當時連我都病得快死了。後來我聽奶奶說，在幫爺爺舉行葬禮的時候，爺爺的胸口突然鑽出一條蛇。」

「……。」

「奶奶抓住那條蛇，帶著牠去找巫婆。妳知道巫婆說什麼嗎？她竟然要奶奶回去舉行一場祭祀。結果擺好桌子祭祀完後，那條蛇當場化成灰燼消失不見，而我的病也痊癒了。」

敏晃了晃裝有小蛇的網子，原本一臉呆滯地聽著她們說話的媽媽一把接過網子。

交代完蛇的事情後，敏幫珠妍一起處理了爸爸的遺體。畢竟費用裡包含遺體處理的服務，所以珠妍心安理得地接受她的幫助。媽媽表示自己已經親手送走了爸爸，不需要再跟著去火葬場，便帶著那條小蛇留在了家裡。

珠妍把屍體裝進大塑膠袋裡，搭上敏的貨車來到首爾郊外的一家火葬場，將爸爸火化。這裡與其說是火葬場，不如說更接近焚化廠。黑煙乘著風飛揚，席捲而來的熱氣掠過珠妍的臉頰。看著搖曳的火光，珠妍喃喃自語道：

「爸爸，一路好走。」

除此之外，她沒有再說別的話。敏把珠妍送回家後便離開了。珠妍把裝有爸爸骨灰的罈子遞給媽媽。

「一切都結束了，媽媽。」

媽媽抬起頭看著珠妍，眼裡閃爍著前所未有的光芒。

「不，還沒有結束。」

媽媽握緊手中的網子。

「妳要好好活著才算結束。」

那天珠妍回到家的時候，餐桌上已經擺滿媽媽買來祭祀的食材。媽媽憑藉二十多年來一手幫婆家操辦祭拜的本事，為蛇準備了供桌。她整齊地擺好水果，處理好所有食材，最後把裝有蛇的網子擺在最前面。神奇的事情發生了，原本還會不時蹦蹦跳跳彰顯存在感的小蛇，在媽媽點燃線香後突然安靜了下來。珠妍與媽媽並肩站在供桌前，看著眼前的陣仗，珠妍頓時啞然失笑，不知道這是在做什麼。

「傻孩子，還不趕快跪下來！」

媽媽拍了一下珠妍的後背，一臉虔誠地朝著小蛇開始跪拜，珠妍只好跟著媽媽跪了下來。

吃完飯後，珠妍和媽媽並肩坐在沙發上，一邊吃著前幾天祭祀留下來的水果，一邊目不轉睛地盯著電視，畫面上正在播放一群女巫共同舉行法事的場景。

她們是在山上舉行的法事。據說酒甕中的蟒蛇過去可能棲息在三座山裡，而畫面上的這座山已經是其中的最後一座了。很久以後人們才知道，當時政府一直在調查蛇的皮膚組織與品種，此舉並非為了研發疫苗，而是為了決定舉行儀式的地點。

直到最後，政府當局也沒能成功研發出疫苗，包含爸爸在內的十五名第一批感染者全數死亡。光是政府掌握到的第二批感染者就超過二十名，其中差不多有一半並沒有真的被感染，其餘的十幾個人就沒有那麼幸運了，他們同樣變成喪屍死去。嚴格來說，珠妍並不屬於任何一方，她是唯一一個倖存的感染者。

身穿防護服的公務員在三天後才找上珠妍家。不管是什麼事情，官方處理得都比個人慢得多，一向都是如此。當時她們早已完成爸爸的死亡登記，珠妍拿出爸爸的骨灰罈給那些公務員看，他們便露出尷尬的表情離開了。

值得慶幸的是，並沒有出現第三批感染者。或許是政府的努力奏效，好不容易才阻止了病毒感染蔓延到第三批。當時政府剛舉辦完第一次慰靈祭，他們推測酒甕中的蟒蛇可能來自三座山中的某一座，於是決定乾脆在每一座山上都舉行法事。

這是最後一場慰靈祭了，鏡頭裡的那具蛇屍看起來足足超過一公尺。珠妍很詫異，竟然會有人想用那種蛇來泡酒喝。她有點好奇，究竟牠本來就那麼粗壯，還是在窄小的酒甕裡慢慢變大的。

當法事接近尾聲時，村莊裡那棵與山脈相連的大樹開始猛烈晃動，四周沒有一絲風，樹葉卻嘩啦啦地往下掉，隨後不知從何處鑽出一條巨大的蟒蛇，直接衝向祭壇。此時巫婆們紛紛停下手中的工作，畢恭畢敬地朝著忽然現身的巨蛇跪拜起來。巨蛇在死去的蛇旁邊繞了一圈，接著便消失得無影無蹤，法事也就此結束。雖然所有畫面都粗糙得像十年前的獵奇節目，但是這場法事確實是由政府當局主辦的。

家中瀰漫著淡淡的香味。法事結束後，巫婆將巨蛇的屍體埋在那棵大樹下。看著眼前的畫面，珠妍想起前天自己也與媽媽一起將祭祀時化作粉末的小蛇埋在社區的後山裡。盯著電視的媽媽忽然喃喃自語起來：

「真是丟國家的臉，這是在做什麼啊！」

「媽媽妳不是也辦了祭祀嗎？」

「那和這個才不一樣。」

媽媽很快轉移了話題。

「下個禮拜去看看妳爸吧。」

珠妍點了點頭，撫摸起脖子上爸爸留下的齒痕。雖然這道齒痕消褪得很慢，但它確實在一點點變淡，最終會在某一天徹底消失。

交疊的刀，刀

1

這是一個再尋常不過的故事。

你會在電影中、在書本中、在連續劇中看到，或是在新聞裡、在社會調查節目裡、在犯罪紀錄片裡，聽嗓音厚重低沉的主持人介紹過，這種故事發生在日常生活的各個角落中，任何人都可能經歷過，雖然老套卻也足夠駭人聽聞，讓人不勝唏噓。

父親殺死了母親。手裡的塑膠袋掉落在地上，我呆愣愣地看著眼前的景象。父親一臉恍惚，右手是不停向下滴著紅色鮮血的水果刀、左手握著一個綠色酒瓶。打從我有記憶以來，他便是個酒瓶不離手的人，小時候我甚至把綠色酒瓶當成是父親身體的一部分。半倚在父親手中透明綠色酒瓶，看起來是那麼和諧自然，可那把水果刀，沾滿鮮血的水果刀卻不應該出現在他手中。父親的視線慢慢轉向我，散開的瞳孔黯淡無光。

「你怎麼現在才回來？過來幫我削個蘋果。這臭婆娘，連個蘋果都削不好。」

父親把刀遞給我，此時我才看到一顆醜陋地露出半邊果肉的蘋果滾落在一旁的地板上。我接過父親遞來的水果刀，腦海中閃過一個念頭——除了水果以外，這把水果刀似乎還可以拿來削其他東西。

我轉過頭，望向躺在地板上的母親。母親的身體扭曲成一種奇怪的姿勢，脖子被扯得破破爛爛的，周圍是一攤黑紅色的血池。母親以前也有幾次扭曲地倒在地上，是幾次嗎？不，是無數次，還要加上我沒有親眼撞見的次數。她扭曲倒地的原因十次有九次都是父親，剩下的一次則是她自己。

冥冥之中，我曾想過會演變成這種局面。父親隨時會殺死母親，而我也終究會殺死父親，只是我每次都不忍心這麼做而已。然而，這次父親用水果刀，用這把殺害母親的水果刀，徹底割斷了我對他的「不忍心」。

於是，正如同父親對母親所做的那般，我也割斷了父親的喉嚨。事實上這一點都不公平，與他過去施加在我們身上的暴力，這點程度遠遠不足以算是公平，不過人生本來就是不公平的，不是嗎？我靜靜地看著癱倒在母親身邊的父親，直到今天，這一切終究在我眼前化為現實。我手中的水果刀不僅有母親的血，也沾滿了父親的血。我們是一家人，也對，既然是一家人，如今只要再添上我的血，我們就可以一起活在水果刀裡。不，我不想這麼做，我可不想到死後連血都要和他攪和在一起。於是我換了一把刀，一把比水果刀還大得多的菜刀，切起來應該比水果刀更順手，能夠一口氣斬斷任何東西。想到這裡，我頓時感到有些愧疚，我不該讓母親與父親活在同一把水果刀裡。母親在死後竟然還要與父親一起活在殺害自己的凶器裡，我好後悔，應該讓他們各自活在不同的刀裡才對。母親，對不起。

我彎腰撿起先前掉落在地的塑膠袋，裡面裝著母親想吃的壽司。我拿出她最愛的鮭魚壽司和鮮蝦壽司，放在扭曲的她面前。幸好母親的眼睛是閉著的，如果是睜著的話，我該怎麼面對她呢？我挑了一塊她不愛吃的章魚壽司放進嘴裡，美味得讓我不能理解她為何不喜歡。

我咀嚼著壽司，心中思緒萬千——

要是我早點到家的話，結局會有所改變嗎？

要是我沒出去買壽司的話，結局會有所改變嗎？

要是我前一天把蘋果全部吃光的話，結局會有所改變嗎？

要是我把家裡所有的水果都丟掉的話，結局會有所改變嗎？母親是不是不會死，而我也不需要殺死父親呢？

經過一番縝密的思索，我得到的結論是：結局不會有任何改變。即使沒有那顆蘋果，父親遲早也會隨便找個藉口刺傷母親。而我也一樣，即使不是在今天，我早晚也會殺了父親。這不是動機或時機的問題，是注定會發生的事情，只不過恰好就是今天而已。我把章魚壽司嚼碎吞下肚，直至所有的眷戀都灰飛煙滅。隨後我輕快地舉起刀，刺進自己的喉嚨。

正當意識逐漸朦朧之際，一個不該出現的想法浮上心頭。

「要是情況稍有改變的話，至少有一個人能活下來吧？如果可以的話，希望那個人是母親……」

2

這是一個尋常的故事。

從外地來首爾讀大學、住在學校附近的獨居女大學生成為犯罪目標——別說是尋常了，甚至可以說是一種常態。畢竟任何犯罪分子都不會瞄準與家人住在一起通勤上學的健壯男學生下手。

我已經被連續跟蹤好幾個月了。

跟蹤狂並沒有威脅到我的生命，但是他總是在某處注視著我，我甚至可以感受到他的視線。從學校回家、外出打工、和朋友一起出去玩……在每個瞬間，我都能感受到他的視線。

深夜回家的時候，我還能聽到他尾隨在後的腳步聲。如果我加快步伐，他也會慢半拍地加快；如果我放慢腳步，他也會慢半拍地放慢。如果我害怕地跑起來，他的腳步聲便會詭異地戛然而止。隨後背後會傳來他逐漸遠去與消逝的聲音，聽起來似哭又似笑，既像哈哈的大笑聲，又像悲傷的啜泣聲，抑或是兩者皆有，我想他或許是從精神病院逃出來的瘋子吧。

有時候，他甚至會潛入我家。起初我並未察覺，但是種種可疑的跡象越來越明顯。每次外出回來後，家裡的物品都會發生微妙的變化，有時是床單被動過，皺摺的形狀不太一樣，有時是明明不記得有洗碗，碗筷卻洗好了，有時是原本放在第二層抽屜的筆記本跑到第三層……總之都是一些瑣碎得不能再瑣碎的變化。但是房間裡從來沒有少過東西，就連一般跟蹤狂最覬覦的內衣也是一件都沒少。

我無法告訴遠在家鄉的父母，因為他們要是知道了，只會要我馬上放棄學業搬回老家。我曾和身邊的朋友們提過，但是大家聽完都理所當然地認為是我的錯覺，甚至雲淡風輕地責怪我太敏感。他們說只是碰巧有個人走在我身後，還說我突然跑起來反而會嚇到對方。

我也去過警察局報案，可由於我沒有受到什麼具體的傷害，所以警察也無法採取任何措施。所有人都覺得是我太神經質，看我的眼神就像在看一個歇斯底里的瘋女人。

不過話說回來，這話倒也沒錯，我當時真的有點神經質，也確實稍微歇斯底里了些，可這都要歸咎於那該死的跟蹤狂。

我本來耳根子就軟，是個容易隨波逐流的人。老實說，這樣的性格對我的生活一點幫助都沒有。只要周圍有人把錯怪到我頭上，我就會懷疑是不是自己真的太敏感了。明明心裡很想把這群站著說話不腰疼的人的腦袋給扯下來，可我並沒有這樣的勇氣，只能憋在心裡，任由這份壓力在體內化膿。每次夜晚走在街上時，我都只能在不明的腳步聲與視線中顫抖。即便如此，第二天也不會有人相信我說的話，他們的漠不關心對我來說亦成了一種恐懼。

我並非沒有嘗試過努力擺脫這種狀況，只是後來放棄了。為了甩掉跟蹤狂，我曾經搬過幾次家，但是完全無濟於事，他每次都能重新找到我，繼續他那悄然無聲的騷擾。身邊也有人勸我不要在意，畢竟他從來沒有真的傷害過我。

我簡直快崩潰了，他只是「還沒」動手而已，但他隨時都可能這麼做。無時無刻不鎖定我身上的視線，若隱若現潛伏的威脅，以及被別人當成精神病患的眼神，讓我漸漸失去分辨真假的能力。對的可能是我，也可能是他們；跟蹤狂可能真的存在，也可能一切都只是我的被害妄想，我簡直如墮五里霧中，完全摸不著頭緒。身心俱疲的我甚至動了要和父母坦白一切、一走了之的念頭，後來之所以能夠堅持下去，沒有回老家，都是因為遇見了「他」。

如果當初直接回老家，沒有遇見他的話，這一切會不會有所改變呢？

3

菜刀刺穿我的喉嚨，鮮血宛如噴泉般湧出。意識漸漸朦朧，畫面如跑馬燈在眼前閃過，我一直以為這只是傳說，現在我親眼看到了。可它究竟是我早已遺忘的過往，還是對來生的希冀，我也分不清了。畫面中的我度過了一段幸福的童年時光，家境還算殷實，父親手裡的酒瓶也消失不見了。母親看著蹣跚學步的我，開心地拍著手。片刻的幸福時光猶如膠卷般掠過，隨之襲來的是記憶中的地獄。

父親家族公司的衰敗和倒閉拉開所有不幸的序幕。他借酒澆愁，很快便成了一個酒鬼。小時候我又是個不太聽話的孩子，母親只得重新出去找工作，可家裡依舊入不敷出。從那陣子開始，父親只要沒錢喝酒就會對母親拳打腳踢。不知不覺間，我也成了他發洩怒氣的對象。有時候母親會因為氣不過而反抗父親，然後我也會一起被趕出家門。

每次被趕出去，母親就會牽著我的手在附近閒晃。她總會在我的嘴裡塞一顆糖果，陪我走在寒冷的街頭。她會講各式各樣的故事給我聽，大部分都是在描繪往日的幸福時光，比如說她是如何與父親相識相戀，又是怎麼有了我等等。我總覺得她似乎想永遠駐足於過去，此時感到害怕的我常常會刻意提出一個讓她回到現實的問題：

「那爸爸現在怎麼會變成這樣呢？」

面對這個問題，母親也只是呢喃著「很快就會好起來了」這句話。情況大概不會有任何好轉，最清楚這點的或許就是她自己。

隨著時間的推移，母親越來越少說「很快就會好起來了」。父親幾乎不再回家，只會挑我上學時回去欺負獨自在家的母親，在我升上高中個子長到和他不相上下後，這一點表現得尤為明顯，他的行為越來越卑鄙了。

母親嘴裡的「很快就會好起來了」終於變成「一切都是我的命」。她失去表情，也不太愛開口，最大的變化便是開始慢慢疏遠我。不知從何時起，母親不再與我交談，甚至不願正視我的臉。或許是把對父親的憎恨轉嫁到我身上了吧。這一切都是父親的錯，是父親奪走了母親的表情，讓母親開始對我視而不見，我對父親的恨意也越發強烈。

我腦海裡忽然浮現出一個想法：這一切是否早在母親的意料之中？我們命中注定要走上這條路，父親的命運是殺死母親，而我的命運是殺死父親後我再了結自己，其實全都是安排好的。想到這裡，我甚至有種解脫的感覺，這煩悶的人生終於要結束了。要說有什麼遺憾的話，那就是壽司。今天母親一改往常不理不睬的態度，和我說她想吃壽司。我立刻從床上跳起來出門買壽司，斟酌良久後才買了一份壽司拼盤。可是母親卻沒能嚐到它，這是我最大的遺憾。

沒看到母親露出我期待已久的笑容，吃著我買來的壽司——唯有這件事讓我心有不甘。

正當意識逐漸朦朧之際，有個聲音傳進耳裡：

「你想讓時間倒流嗎？」

4

我與他相遇的那天是個稀鬆平常的日子。我依然走在那條巷子裡，也依然在同樣的腳步聲中顫抖著。要是我稍微放慢腳步，會不會被跟蹤狂抓住？要是我跑起來的話，身後的腳步聲會像平常一樣戛然而止嗎？還是今天是他動手的日子，他會突然撲上來摀住我的嘴巴？這些都是我平常走在回家路上會出現的想法。結果，正當我決定數到三拔跑就跑時，對面走來一個男人，突然向我打招呼，但我不認識這個人。

「咦，妳是世英吧？好久不見啊！都這麼晚了，妳一個人回家嗎？要不我送妳吧，順便敘敘舊。」

男人自說自話，完全不給我回話的機會。他自然而然地站到我身邊，抬起手放在我的頭頂上說：「讓我看看妳有沒有長高？」作勢要幫我量身高，接著偷偷低語道：

「妳看起來好像很害怕，我剛剛注意到後面一直有個可疑的男人跟著妳，妳趕快配合演一下。」

我有點慌亂，只能稀裡糊塗地開口說：「對啊！真的好久不見了，燦浩。」接下來的一段路，他便陪我一起走著。我們故作開心地聊著不存在的過往回憶。就這麼走了一會兒，身後的腳步聲在某個瞬間消失了。被我叫做「燦浩」的男人偷偷瞥了眼身後，慢慢鬆了一口氣：

「他好像走了。」

「謝謝你，我剛剛真的很害怕⋯⋯要不我請你喝杯咖啡吧。」

「其實妳不用這麼客氣，既然如此，那我也就不拒絕了。」

男人的笑容有些靦腆。

我不是世英，那個男人也不叫燦浩，即便如此，我們依然約好隔天在學校附近的咖啡廳見面。事實上，男人裝熟策略對跟蹤狂來說或許沒有任何意義。在他喊出「世英」的那一刻，跟蹤狂就已經察覺到我們並不熟識。畢竟跟蹤狂都闖進我家了，又怎麼會不知道我的名字？不過無論如何，這個男人是在我被跟蹤後，第一個也是唯一一個幫助我的人。在沒有人相信我的時候，只有他願意挺身而出，試圖幫我擺脫跟蹤狂。光是這一點，就足以成為我喜歡他的理由。

第二天，我們在約定地點見了面。在出門前，我甚至還一反常態地塗上指甲油，我想讓自己看起來精緻一點，哪怕只是在一個小細節上。我看到先行抵達的男人在門口等我，深綠色針織衫跟他很搭，他似乎很清楚自己適合穿什麼風格的衣服。

我們彼此對視，尷尬地笑了笑，接著聊起天來。男人的名字不叫燦浩，而是燦錫。他笑著表示我竟然猜對了一個字，我被那個笑容迷得心臟怦怦直跳。我也告訴他，我的名字不叫世英，而是英姬，他很開心，因為他也猜對了一個字。我的心跳得更快了。

臨別之際，我把跟蹤狂的事情告訴燦錫。我知道他可能會用奇怪的眼神看我，甚至會害怕地逃跑，但我還是毅然決然地冒了這個險。在我短暫的生命中，這可能是我最緊張也最勇敢的一刻。我就如同昨天的燦錫一樣，嘴巴宛如機關槍似地說個不停。

我告訴他，「昨天不是第一次，其實我每天都在恐懼中顫抖著走回家，但是身邊的人都不相信我。我很混亂，甚至懷疑自己是不是精神出了問題。然而，昨天你出手幫助了我，證明跟蹤狂是真實存在的，讓我不再感到混亂，你是我的證人和救星。唉呀，你也不要有壓力，這只是個比喻而已。」我對他表示，我喜歡他。

聽到我突如其來的傾訴與告白，燦錫似乎有些手足無措，但他並沒有當場拒絕我，而是提出了一個提議。我們打工結束的時間差不多，他又住在我家附近（對了，燦錫讀的學校就在我的大學隔壁，他住在宿舍裡），於是他提議每天和我一起走那條有跟蹤狂尾隨的暗巷。我們可以在路上聊聊天，多認識彼此，之後再考慮交往的事情。這個提議擁有某種魔力，把恐怖的巷道變成怦然心動的場所，讓我的心跳再次加速，我當然沒有拒絕的道理。

現在想來，就算重新回到那個時候，我也會做出同樣的選擇。在遇見燦錫的瞬間，在他叫我「世英」的那一刻，我便只能在手足無措中墜入愛河。所以我怨恨過去的自己，怨恨那個當時猶豫不決，沒能下定決心回老家的自己。

如果我回了老家；如果沒有讓他見到一臉害怕的我；如果他沒有幫助我；如果我們沒有約在咖啡廳見面；如果我沒有和他表白；如果他聽完表白後沒有提出任何提議；如果他沒有在每天夜裡陪我走過昏暗的巷道，那麼……

他或許也不會死在跟蹤狂的刀下了。

5

剪刀石頭布都是三戰兩勝，所以我也給你三次機會。你可以回到過去，也可以改變那些讓你後悔的選擇。不過結果會怎麼樣，誰也不能保證。或許你能改變一切，但也可能是竹籃子打水一場空。選擇權在你手上，你想讓時間倒流嗎？

我點點頭，那把菜刀依舊插在脖子上。

下一刻，刀子消失了，眼前的畫面也從血流成河的家中變成校園裡喧鬧的教室。我拿起手機確認日期，是母親死亡的前一天。剛才的事是夢嗎？不可能，畢竟從母親體內流出的鮮血是那麼真實，是我真的回到過去了。同學們正在討論下課後要去吃什麼，而我知道他們最後的決定：部隊鍋。

「天氣這麼冷，我們去吃部隊鍋吧。喂，金世浩，你也會一起去吧？」

「我就先不去了，你們自己去吃吧。」

下課鐘聲一響，我便拿起書包衝出去。我直奔離家最近的鬧區裡的一家壽司店，把母親愛吃的鮮蝦壽司和鮭魚壽司各打包一份。因為想快點見到母親，我焦急地走在回家的路上，不知道她看到壽司後會露出什麼樣的表情呢？其實我隱約知道，我能改變的沒有想像中那麼多，但是哪怕只能改變一點點也好。

母親像往常一樣呆愣愣地看著電視。看到母親活生生出現在我的眼前，我難以置信地雙腿發軟。儘管我回去得比平時更早一些，母親也只是面無表情地看了看癱坐在玄關的我，一句話也沒說。這都無所謂，我艱難地挪動顫顫巍巍的雙腿。

「那個，我買了壽司。呃，因為小時候……我不是說過要買妳愛吃的鮭魚和鮮蝦壽司拼盤給妳嗎？妳還記得嗎？」

「哦……。」

母親接過包裝盒，茫然地看著它，瘦小的肩膀似乎在微微顫抖。她低垂著臉，我讀不出她的表情，雖然想看卻又不敢去確認。我唯一能確定的是，母親的臉上並沒有出現我所期待的笑容。因為在我示意她趕快吃吃看的時候，她就把壽司盒扔在了地上，接著抓著頭髮失聲痛哭起來，哭聲迴盪在狹窄的客廳裡。我將散落在地的壽司裝回盒子，放在垃圾桶蓋子上，打掃好地板後走進自己的房間。

母親的哭聲忽大忽小，漸漸地變成低聲啜泣，最後終於平息下來。我背靠房門坐在地板上，聽著母親哭泣的聲音。我聽著聽著，突然覺得母親的哭聲就像是一首歌，像當年被父親趕出家門，母親牽著我徘徊在夜晚的街頭，抬起頭望著星空時唱起的〈小星星〉。

果然，就算時間倒流，能改變的事情也沒有想像中的多。

睜開眼睛，不知不覺已是黎明。或許是睡姿不良，我醒來後發現自己雙腿發麻，脖子也陣陣痠痛。我有些口渴，便起身走到廚房喝水。母親似乎在臥室睡著了。隨後，我在廚房撞見了意料之外的東西——昨晚被我放在垃圾桶上亂成一團的壽司盒，竟然整整齊齊地擺在餐桌上，兩盒壽司也只剩下一盒。

起初我以為是父親回來了，或許是他肚子餓，在廚房翻箱倒櫃後發現了看起來並無異樣的壽司。然而仔細檢查整個狹窄的房子，都沒有發現父親的蹤跡。如果是父親回來又離開，我不可能毫不知情，因為他在走之前勢必會鬧出一番動靜。透過敞開的臥室大門，我看到母親側躺在地板上入睡的瘦弱背影，旁邊的地板上放著另一盒壽司，裡頭空空如也，趁著清晨微弱的亮光，在我的心中泛起漣漪。

我真的好久沒能像這樣開心地入睡了。即便下次醒來睜開眼睛，迎接我的是沾滿鮮血的水果刀，我也能夠心甘情願地刺穿自己的喉嚨。

萬幸的是，當我再次睜開眼睛時，出現在我眼前的是房間裡發黃的天花板。母親正在打掃客廳。記憶中的今天，母親這個時候應該在陽臺洗衣服——不一樣了，看到些微改變的我心中漸漸燃起希望。今天，我哪裡都不會去，不管母親想吃什麼，我都不會出門，我要攔住父親，不讓他踏進這個家門，家裡所有的水果刀也要全部扔掉。或許只要這麼做，母親今天就能夠活下來，不，是我要讓她活下來。

出乎意料的是，「今天」什麼事也沒有發生。或許是知道我在家，父親連個人影都看不到。就這麼平靜度過的「今天」甚至讓我有一種空虛感。難道悲劇竟是如此輕易就能避免的嗎？然而，在過了一週如「今天」一般風平浪靜的日子後，我後悔是自己想得太美了。

在我去學校繳交休學申請的那一小段時間裡，獨自出門買菜的母親在菜市場正中間死在父親的刀下。根據目擊者的說法，父親在街上手持水果刀威脅母親，還大聲嚷嚷著跟母親要錢。當時母親身上只有一萬五千塊[5]，但是母親依然拚命反抗，不讓父親搶走這些錢，甚至在掙扎時把裝魚的塑膠袋甩在父親的臉上。父親頓時失去了理智，明明自己用更過分的東西毆打過我們，可僅僅因為一個裝魚的袋子，他便暴跳如雷，胡亂揮舞起水果刀。結果水果刀不偏不倚地劃過母親的喉嚨，流淌的鮮血瞬間把菜市場的地面染成一片緋紅。

這一次，狠毒的父親不僅傷害了母親，還捅了幾個試圖幫助母親的路人。他惡狠狠地口出髒話，怒斥路人看自己的笑話。他說自己以前也是當大老闆的，都是這個社會太噁心，所以這個無恥的臭婆娘才敢瞧不起他，明明不如他還敢打他的臉，他媽的，真是太可惡了。賣魚的老爺爺也死在他的盛怒之下，他本來想幫鮮血直流的母親急救，結果

5 譯注：本書中的貨幣單位均為韓元，新臺幣與韓元匯率約為1：40。

背上被父親捅了一刀。當時父親手上的水果刀，正是我「那天」丟在公寓社區垃圾桶裡的那把。或許無論怎麼兜兜轉轉，有主之物終究會回到主人手上。警察過了很久才抵達現場，將父親繩之以法。在那之前，父親一直都在如癲似狂地破口大罵，罵所有的一切都是社會的責任，毀掉自己人生的社會才是真正的兇手，這個臭婆娘也是毀掉他人生的罪魁禍首之一，所以她也犯了罪。他罵警察是不是都聾了，不過是殺了一個殺人犯何罪之有。父親就是這樣。

我在學校接到這個消息，上課途中，助教突然急匆匆地來找我，同學們也議論紛紛。「怎麼了？出了什麼事？」面對他們溫和客套的關切，我也只是溫柔輕鬆地回應道：「沒事，沒什麼大不了的。我先走了，對不起，教授。」只有轉達消息的助教神情緊張地看著我。

和助教簡單道別後，我漫步遠離教室。走在路上，我的心情異常平靜，腦袋似乎早就知道這是理所當然的事情，更清楚自己現在該去做什麼。我先是若無其事地步行回家，冷靜地收起菜刀帶在身上，隨後便趕往警察局。「我是他的兒子，怎麼會突然發生這種事……」沉著地說完這句話後，我就把刀刺進低著頭的父親的喉嚨。

父親的鮮血飛濺在我的臉上。許久沒有遇到這種案子，警察們忙得不可開交，完全沒能預料到我的行為。而現在，他們變得更忙了。不想變得更忙的他們為了阻止我自殘，及時給我戴上手銬。後來的事情，我就記不太清楚了。我只記得自己成了「明星」，不管去哪裡都有記者跟追，他們還給我冠上「弒親殺人犯」的稱號。不過隨便他們怎麼說，我一點都不在乎。因為實在懶得說話，所以我一言不發。這些人根本不了解事情真相，他們對著我家的事情剖析一番就把自己的評斷加諸在我身上，但我也沒有做出絲毫反抗。只要一有機會，我就會嘗試自殺，最終在走過一連串如夢境般恍惚的日子後，我被關進一所監獄。在入獄的第一天晚上，我便毫無留戀地上吊了。耳邊彷彿傳來母親哼唱的〈小星星〉，也可能只是聽起來像〈小星星〉的啜泣。解脫感席捲我的全身，緊緊包裹住我的脖子。當視野完全暗下來的那一刻，我的耳畔響起熟悉的聲音：

現在只剩兩次機會了，你想回到什麼時候呢？

6

在燦錫的提議下，我們幾乎每天晚上都會一起回家。他常常等我到打工結束，有時候我也會等他。不知從何時起，我們的手牽在了一起，兩個人走在昏暗的巷道裡聊了很多。有時能聽見跟蹤狂的腳步聲，有時又聽不到，不過除了燦錫低沉的嗓音，我對任何聲響都不感興趣。在寂靜的巷道裡只有他的聲音，其他事物對我來說都等於不存在，我沉醉在幸福之中。

燦錫與我不同，我的父母都是地方公務員，而他家裡開公司，是富裕家庭的獨生子。他去年剛服完兵役，大學畢業後打算繼承家業，而我現在讀的是法文系，畢業後頂多只能當個補習班講師。腦海中響起母親一直掛在嘴邊的「門當戶對」，但是這些一點都不重要。我們抬頭仰望著夜空漫步，在發現星星時你一句我一句地哼唱起〈小星星〉。我們把歌聲唱成耳語，接著變回歌聲，最後化作一句「晚安」的告別，流連在我家門前。就這樣日復一日，每天都是一閃一閃亮晶晶的夜晚。

那晚也如往常一樣，是個一閃一閃亮晶晶的夜晚。

我們彼此說了十次「晚安」後才終於分開，燦錫轉身折返回巷道，我則回到我的套房。我在安靜的房間裡換著衣服，忽然有什麼東西從外套口袋掉了出來，那是燦錫的手帕。那天打工結束後，我和燦錫去路邊攤吃點心，手上沾到一些配甜不辣的醬油，是燦錫用手帕幫我擦乾淨的。現在醬油已經乾掉了，圓圓的一塊印記黏在手帕上。

不過是一塊手帕而已，其實不馬上還也無所謂，但我還是重新套上衣服，出門鑽進巷子裡。即使以這個為藉口，我也想再多看他一眼。燦錫走得很慢，而我又走得很急，應該很快就能追上。

我要抓住燦錫慢吞吞的背影，將手帕遞給他，與他再牽一次手。既然都見面了，那不如再趁機親他一下。想到這裡，我的心跳開始加速。然而當我繞過巷子的轉角，出現在眼前的不是期待中的沉穩背影，而是脖子上插著刀子、倒在地上血流如注的燦錫。

燦錫抓著插在脖子上的刀，一動也不動。他瞪大雙眼，眼神渾濁又茫然，漆黑的瞳孔映照出他緋紅的鮮血。將燦錫最終未能拔出的刀子抽出來的，是站在他身旁俯視他的黑衣男人。男人抵住燦錫鬆軟的脖子，「咻」地一口氣把刀拔出來。燦錫的腦袋徹底垂下來，就像一個破碎的人體模型。直到此時，男人才察覺到站在旁邊目睹了一切的我。

人在受到過度驚嚇時會動彈不得，我現在才明白這句話的意思。我無法發出聲音，無法逃跑，甚至無法報警，我什麼都做不了，只能瞪大眼睛，靜靜地看著眼前發生的一切。

黑衣男人忽然笑了，那笑聲彷若哭泣般。我本以為他會將殺害燦錫的刀子刺進我的身體，可是他沒有。他只是直愣愣地看著我，接著說道：

「太好了，這是最後一次了。」

腳步聲漸行漸遠，男人消失在巷道深處。我也慢慢失去意識。雖然不明白什麼是「最後一次」，「太好了」又是什麼意思，但我認出了他的腳步聲，正是在無數個黑夜裡尾隨我的步伐。我的跟蹤狂，他最終還是來殺燦錫了。

在一片黑暗中，有一個陌生的聲音對我說道：

「我可以給妳三次機會，妳想讓時間倒流嗎？」

我是說了「嗯」吧？我一定是接受了他的提議。下一秒，漆黑的視野一下子變得明亮起來。我發現自己站在家門前，與燦錫手牽著手。我的指間能夠清晰地感受到燦錫的溫度，簡直讓人難以置信。

「英姬，英姬？妳怎麼了？」

我一把抱住眼前的燦錫，剛才的是夢嗎？我經歷的那些都不是現實嗎？不，不可能。燦錫確實被人捅穿了脖子，我不能再失去懷中的這份溫暖。我抱著燦錫，眼睛瞄向他肩膀後黑漆漆的巷子。那是我們剛剛走過的巷道，黑衣男人或許就在幽暗的某個角落裡窺視著我們，而我絕對不會讓燦錫走進那片黑暗中。

「今晚就在我家睡吧。」

燦錫沒有拒絕我。

7

像往常一樣，我不動聲色地說了聲「我出去一下」便踏出家門，母親依然沒有任何回應。明明之前都沒什麼感覺，今天我的心卻莫名有些沉重。

走出家門，我開始尋找父親可能會去的地方。家裡附近的酒吧、公園、便利商店、咖啡廳……找遍所有地方後，我才猛然意識過來——當我不在家的時候，父親會去的地方，正是只有母親孤身一人的家。

父親就像幽靈一樣，他總能知道我何時出門，然後專挑那個時候回家，把家裡搞得亂七八糟。我趕緊飛奔回家，老舊的電梯停在高樓層，怎麼也不見下來，於是我跑上樓梯，直奔我家所在的樓層。看到家門敞開，不祥的預感頓時湧上心頭，這種預感十之八九都不會出錯。果真屋內傳來尖叫聲，我急忙從懷中掏出剛才帶出門的刀子。這是唯一能救母親的辦法了。

在父親對母親動手之前，我必須搶先一步殺死父親。

一踏進家門，我就看見父親正死死抓著母親的頭髮，母親額頭流出的鮮血浸濕了地板。看著白淨的地板被鮮血染得通紅，我的腦海裡赫然浮現出母親身體扭曲、脖子斷裂的模樣——我絕對不會讓結果變成那樣。最終，我還是掙脫了理智的束縛，此刻的我或許已經成了與父親一樣的怪物，但是無論怎樣都無所謂，畢竟我是他的兒子，會變成同樣的怪物似乎也是理所當然的。

唯有殺死父親，母親才能活下去，這個想法填滿我的腦海。兩次的自殺與母親的死亡已經讓我的精神疲憊不堪，現在是需要抉擇與專注的時候。我一頭撞倒父親，緊接著騎在他身上，望著那雙驚慌失措的眼神，我毅然決然地把刀刺進他的脖子。最後，父親滾燙的鮮血毫不客氣地噴在我的臉上。

一切都結束了，母親總算活下來了。我轉過頭，對上母親的眼神，她空空如也的瞳孔望向我，殺死父親的我，以及脖子上插著刀的父親。

母親的眼睛是從何時開始變得如此空洞的呢？那對空蕩蕩的瞳孔甚至不如死人的有神，反倒是最後一刻還在拚命掙扎的父親，瞪得大大的眼神看起來更有生命力。我撇過頭去，不敢再看母親的眼睛。掛在牆上的鏡子摔落在地，碎片裡倒映出我的臉，也映出母親空空如也的眼神。那是一個空洞的怪物，我就是那個怪物。

怎麼會這樣？

不應該是這樣。

這並不是我想改變的。

看著母親與自己的眼睛，我才意識到不管是阻止父親，還是率先殺死父親都無濟於事。因為問題的導火線在更根本的地方，遠在這之前。在母親失去表情之前，在父親酗酒度日之前，在父親的公司倒閉之前，在我們曾經幸福的時光之前，甚至在更早之前。在我出生之前，在母親與父親相識之前。

「現在只剩最後一次機會了。」

熟悉的聲音在腦海裡響起。如今的我終於知道自己真正該做的是什麼了，一股信心湧上心頭。我向那個聲音問道：

「我可以回到我出生以前嗎？」

「當然可以。」

那個聲音彷彿一直在等我問出這個問題，「咯咯咯」地笑了起來。

8

那天晚上，我與燦錫待在我簡陋的套房裡，透過狹窄的窗戶看著天上的星星。「一閃一閃亮晶晶，滿天都是小星星……」我們輪流哼唱著歌詞，以此來代替平常道別時的一聲「晚安」。

破曉時分，燦錫在我身旁熟睡，我卻被其他思緒折磨得難以入眠。我們安然度過了這個夜晚，燦錫也從黑衣男人手中倖存，可下次呢？誰能保證燦錫下次也能順利脫險？我沒有把握。一切都充滿未知，什麼也確定不了，我甚至懷疑昨晚的事情是否真實發生過。「一切都是妳的錯覺。」我想起那個聲音。難道我看到的畫面是一場夢嗎？但那可怕的殘影依然清晰地印在我的腦海裡，我不認為自己呆板的腦袋能夠想像出如此精緻的場景。昏迷時聽到的聲音……那個說要幫我倒轉時間的聲音，究竟是什麼呢？

太陽一升起，燦錫便說要回宿舍拿教材，早早離開了。雖然我很害怕讓燦錫走進那條巷子，卻也明白自己沒辦法永遠把他關起來。我懇求他蹺課一天，可他疑惑地反問我今天怎麼了。最後他還是離開了，只留下一句「在家等我」。

我一整天都魂不守舍，完全無法專注在其他事情上。好在那天風平浪靜，什麼事情都沒發生。第二天、第三天也是如此，一切安好，無事發生。在日復一日的平靜生活中，原本焦慮的心情漸漸安定下來。不知不覺中，連跟蹤狂那股令人不快的視線也慢慢消散淡去。

家中物品不再有微妙的挪動或缺失，就連燦錫去參加遠房親戚的葬禮，沒辦法陪我一起走回家的日子裡，我也沒有聽到那股尾隨的腳步聲。那個夜晚之後，跟蹤狂悄無聲息地消失了，就彷彿從未存在過。

我每天都沉浸在幸福中。與燦錫之間的愛情，以及甩掉跟蹤狂的解脫感同時襲來，讓我籠罩在幸福的氛圍中無法自拔。我甚至有些自豪，自豪自己成功躲過了這場悲劇，感覺就像是主導電影走向美好結局的主角。身邊的人常常問起：「哎喲，妳最近氣色很不錯欸，也不會整天疑神疑鬼了，是不是談戀愛啦？」面對他們不知是嘲諷還是誇讚的問話，我都會盡量笑著回應他們。

日子一天天過去，我一度以為幸福的時光會一直持續下去。然而，與大多數的故事一樣，已經拉開序幕的悲劇不會退場，人生亦是如此，美好的日子並不會一直延續下去。正是由於轉瞬即逝，幸福才會那麼甜美。悲劇就像迴旋鏢，無論你怎麼用力往外拋，它必定會折返回來。正當我笑得樂不思蜀的時候，它早已掉轉方向，筆直朝著我們飛來。

跟蹤狂並沒有放棄，他只是暫時轉移目標，盯上了燦錫。就在我時隔多年參加同學會，沒能與燦錫見面的那個夜晚，燦錫一直待在圖書館讀書。趁他出去買罐裝咖啡的時候，跟蹤狂再次撲向了他。

那晚我喝得爛醉如泥，隔天早上才得知這個消息。趕到現場後，我看見了他的屍體。燦錫靜靜地躺在那裡，除了破破爛爛的脖子以外，看起來就像只是躺在地上睡著一樣。直至摸到他冷冰冰的手，我才意識到他真的死了。那雙冰冷、冰冷到不能再冰冷的手……胃裡的酒精開始翻騰。看到我有些作嘔，同行的警察說道：「小姐，妳腸胃不太好啊，是昨晚喝多了吧？」我沒有作聲。

不，警察叔叔，這不是酒的問題。雖然看起來的確像是酒的緣故，但是我的腸胃並沒有那麼弱，至少也有正常人的水準。只是因為看到燦錫躺在這裡，我的肚子才會……嘔。

我跑進洗手間嘔吐起來。前一天晚上吃的麵條和泡菜煎餅一湧而上，接著是下酒菜，再來是酒，最後連沒有任何食物殘渣的透明胃液也被我吐得一乾二淨。等我終於從洗手間走出來，噁心的感覺仍舊沒有消散。

無能的警察沒能抓到兇手，跟蹤狂消失得無影無蹤，連一根頭髮都沒有留下。彷彿他人生的目標就是奪走燦錫的性命，達成目標後便可毫無留戀地從人間蒸發。

我百思不得其解，直到燦錫的葬禮舉行，他在火化爐中化作骨灰，隨著江風飄散而逝，我一直都在思考。思考，思考，又思考，燦錫為什麼會死呢？難道他注定要死嗎？這一切終究是避免不了的嗎？想法一個接一個湧現，爭先恐後地在腦海裡玩起捉迷藏。一個想法剛浮現，另一個想法便會探出頭，當我試圖抓住那個想法時，又會被另一個想法絆住。我飯也不吃，覺也不睡，誰都不見，不分晝夜地沉浸在這種思緒的追逐中，最終我得出了結論——燦錫是死在我的跟蹤狂手上的，所以如果不想讓他被殺害，順利活下去，就不能讓他認識我。換句話說，我們不應該相遇。

那個曾經聽過一遍的聲音再次在腦海中響起。

「決定好這次要回到什麼時候了嗎？」

「嗯。」

「這已經是第二次了哦！」那個聲音咯咯地笑了起來。聲音的主人是誰並不重要，對我而言，它就是給我機會拯救燦錫的神。在回答的同時，我的視野漸漸被黑暗填滿。

日曆上的時間是燦錫死亡的兩個月前，也正是我煩惱該不該回老家的時候。當時我們還沒有相遇，就是今晚，我會在巷子裡遇見他。今晚他會邂逅素不相識、一臉害怕的我，欣然叫出「世英」這個不屬於我的名字。

所以我今天絕對不能走進那條巷子。想到這裡，我立刻打電話到打工的地方，表示家裡有急事必須馬上辭職，從明天開始就不能去上班了，雖然很抱歉，不過由於事發倉促，希望他們可以諒解。掛斷電話後，我便開始收拾行李。我拿出行李箱，把看到的物品全都一股腦地塞進去，行李箱越來越滿，連我自己也搞不清楚裡面到底裝了哪些東西。我拖著行李箱徑直走向客運站，買了一張開往老家的車票。二十分鐘後，我便坐上客運出發了，一切都發生在短短兩個小時之內。今夜的首爾將沒有我，所有遇見燦錫的可能性都被我排除了。今天我們不會相遇，不會交談，明天也不會約在咖啡廳見面。這樣我就不會跟他告白，那個提議也不會出現，我們更不會每天晚上一起回家。他不會被跟蹤狂盯上，最終他就不會死了。一定不會的。

搭了三個小時的車，我從首爾回到老家。看到無預警回家的我，母親大吃一驚，連忙問我發生什麼事，但是我沒有回答，甚至連一句話都說不上來。那天晚上，很久沒吃到母親煮的菜的我足足吃了兩碗飯。現在本該是燦錫看著我，親切地與我打招呼的時間。這一次，他不會認識我這個人，但是能獲得活下去的機會，這樣就夠了，離別就讓我獨自面對就好。

我在老家整整一個月都足不出戶，雖然可能性微乎其微，但是萬一燦錫和朋友們來這裡旅遊，就有機會與我相遇。畢竟世事難料，誰又說得準呢？我的父母也沒有說什麼，但我能暗中感受到他們對我的擔心。

我在家裡表現得很正常，看起來毫無波瀾，彷彿什麼也沒發生。

不過父母偶爾還是會在吃飯時試探著問我怎麼不出去走走，我總是推託自己只是不想出門，他們便不再多問。我很慶幸他們沒有繼續追問下去。

一個月後，我漸漸開始外出。我會去家門口的超市逛逛，也會去附近的公園轉轉。再過一段時間，我偶爾還會與老家的幾個朋友聚聚，雖然有時候，我只能在沉默中獨自煎熬，但是待在老家的日子大致上平靜而安定。一成不變的日常，熟悉的人事物，讓我感覺只要再這麼住上一年，我便能忘卻一切。那麼是不是連與燦錫相遇的記憶都能忘掉呢？不，這恐怕有點困難，但是至少我會習慣他已不再認識我的事實。

在思考這些的同時，我狼吞虎嚥地吃完母親為我準備的早餐——韓式豆腐鍋、雞蛋捲和涼拌茼芹，還有作為飯後水果的蘋果和甜柿。蘋果放得有些久，已經氧化了，甜柿也不怎麼甜，甚至有點發澀。甜柿不是應該很甜嗎？怎麼會苦呢？同樣坐在沙發上的父親正拿著苦澀的甜柿邊吃邊看報紙。從標題來看，是一篇關於隨機殺人事件的報導，嫌犯至今仍未落網，疑似是反社會人格者。隨機殺人……在人口數以萬計的首爾裡，偏偏是自己被歹徒盯上，無緣無故慘遭殺害，這會是什麼樣的心情呢？肯定委屈得無以復加吧？我很清楚這種心情。我繼續側眼瞄著父親手上的報紙，隨後在報導的角落裡，一張熟悉的面孔映入我的眼簾。

〔就讀首爾金津區某大學的金姓男子，遭到可疑男子持刀殺害〕

報紙上赫然印著燦錫的臉。

甜柿的苦澀依舊在口中發酵。

9

在我出生之前，在母親與父親結婚之前，在母親與父親墜入愛河之前……母親與父親邂逅的那一刻，我要回到那個時候，回到這個家悲劇的起點。父親與母親不該相遇，儘管沒有他們的相愛，沒有他們的結合，我也不會存在於這個世界上，可這正是我希望的。為了母親，我願意消失。為了準確回到那個時間點，我仔細往前追溯陳舊的記憶，終於想起小時候母親對我說的話：

「很久以前，有一個非常壞的壞蛋。他總是來騷擾媽媽，每天都跟著媽媽，讓媽媽感到很害怕。」

「嗯，真是個大壞蛋。」

「對呀。有一天，媽媽心驚膽顫地走在路上，害怕他會對我做什麼，結果遠處一個不認識的人突然跑過來，解救了媽媽。」

「哇！那個人真是個好人。」

「對吧？那個人就是你爸爸。雖然他現在過得很辛苦，每天心情都很差，但他其實是個善良的人，所以你也不要太討厭他。他真的是一個很好的人。」

「我不管，我不知道，我以後也不想知道。」

母親說她認識父親後，談了一年左右的戀愛，後來因為懷上我，兩人才倉促結了婚。我要回到他們相遇前的那個時刻。

我回到了一九九〇年一月。我知道母親與父親認識的年分是一九九〇年，但具體是幾月幾號、何時何地，我都無從得知，因此我只能選擇回到當年的第一個月分，也就是一月。回到過去後，我立刻前往母親就讀的大學，趁著院系辦公室的行政人員出去吃午餐的空檔，我翻找起學生紀錄。「八十六級崔英姬」——是母親的名字，我還找到母親家裡的地址。這種方法也只有在所有紀錄都還用紙本方式保存的時代才管用，要是像最近一樣，所有資訊被密碼鎖住，三不五時就需要認證的話，或許就很難讓我得手了。

在那之後，我一直都在跟蹤母親。當時的她還很年輕，沒有懷上我，遠比我想像中的要青春活力。我想幫母親守住年輕時的純潔美麗。我會守護母親，絕不會讓父親與我這樣的雜質介入母親的人生。

母親打了一份工，每次都要到很晚才下班。我便跟在她身後，與她一起走夜路回家。跟著和我年紀相仿的母親漫步，這種感覺很奇妙，不禁讓我想起被趕出家門後，不停在巷弄間徘徊的童年時光。母親好像聽到了我的腳步聲，有時她泰然自若地走著走著，會無預警地拔腿就跑。當她突然跑起來時，我也不會刻意追上去。

後來我尾隨得更加隱蔽，更加無聲無息，但是母親偶爾還是會突然逃跑。每當看到母親落荒而逃的背影，我都會莫名地感到悲傷。她如此倉皇逃離從未來穿越回來的我，就像是在控訴我是一個怪物。這倒也沒錯，畢竟我是母親所有不幸的種子，所以我絕對不會在她面前現身，我沒有勇氣讓她看到我這副可怕的樣子。有時我也會潛入母親的家中，翻找電話簿或筆記本之類的物品，因為我不知道，在我沒有跟著她的時候，她有沒有碰巧與父親相遇。所幸我沒有在這些物品與房間裡發現任何父親的蹤跡，每次都只是大概巡視一下就離開。

自從來到我尚未出生的過去，我不曾感到飢餓，或許是未來的時間停止了，就連睏意也從未向我襲來。但是漫長又無聊的日子實在太難熬，我偶爾還是會小睡片刻來打發時間，甚至在社區公園的長椅上過夜，在地鐵站體驗露宿街頭的生活，有時也會假扮成大學生，在母親學校的休息室或圖書館裡逗留。

後來，我在附近的貧民窟發現一座空房子，便開始在那裡消磨時間。不用尾隨母親的日子裡，我常常會在那座廢墟的空間中沉思。思考，思考，又思考。無論我怎麼左思右想，答案依舊只有一個——在母親與父親相愛前殺死父親。畢竟我擋得了一時，也擋不了一世，倘若他們有緣，即使不在最初的時間點，兩人也隨時有可能邂逅。要想讓他們永不相識，只能除掉其中一人。我緊握著從未來帶來的唯一一樣東西——那把水果刀。

三天後，母親在深夜的巷道裡遇見父親。他叫母親「世英」，母親則用含糊的語氣回了他一句「嗯，燦浩」。母親的名字不叫世英，而是英姬；那個男人的名字也不叫燦浩，而是燦錫。在看到那個男人的瞬間，我一眼就認出他是我的父親。兩人故作親暱地聊著天，然而只要稍加觀察，任何人都不難看出他們是初次見面，交談也很生硬。兩人努力編造著令人匪夷所思的對話，我能感覺到他們似乎意識到了我的存在。雖然他們只是一起漫步在暗巷中，但我卻無法再跟下去了。

很久以前，有一個非常壞的壞蛋。他總是來騷擾媽媽，每天都跟著媽媽，讓媽媽感到很害怕。

嗯，真是個大壞蛋。

直到此刻，我才反應過來。那個每天跟在母親後面騷擾她，讓她身陷恐懼的壞蛋，原來就是我，是她來自未來的兒子。我就是這場悲劇的證明，也是所有不幸的種子。怎麼會，怎麼會這樣……看來那個說要幫忙倒轉時間、對我咯咯笑的並不是神，而是惡魔。

在那之後，我將自己關在廢墟中，重新開始新一輪的思考。思考，思考，又思考，思考這究竟是怎麼一回事？也就是說，因為有來自未來的我，才促使母親與父親相遇。我為了保護母親天天跟著她，對她來說反而是一種折磨。我就是她口中的「壞蛋」，讓她遇見以好人形象登場的父親，最終導致這場悲劇。一切都是我的錯，是我執意回到過去，讓兩個人相識相愛，最後讓他們的人生以不幸收場。

我在絕望中掙扎，對自己的選擇後悔不已。仔細想想，我活到現在，有哪次做過沒有後悔的選擇嗎？我做的所有選擇都只帶來一連串的後悔，這次也不例外。然而事到如今，我還有回頭路可走嗎？這是我的第三次，也是最後一次機會。不管他們是因我而相遇，還是因我而結婚，深究下去也沒有意義。我明白一切悲劇的根源就在於我，也知道他們的未來，還有自己的現在與絕望，所以留給我的選項只有一個——我要按照原計畫殺死父親。

第二天，我在他們必經的巷道裡找了一個角落躲起來。父親與母親手牽手，輪流哼唱〈小星星〉的聲音從遠處傳來。「一閃一閃亮晶晶，滿天都是小星星……」啊，這首歌。是母親牽著我的手，徘徊在漆黑寒冷的街頭時帶給我溫暖的歌。原來這首歌並不是唱給我聽的，而是唱給父親聽的嗎？看著對未來一無所知、沉浸在幸福中的他們，我既同情又羨慕，既羨慕又悲傷，悲傷到縮在狹窄巷道的角落裡哭了出來，等待著送母親回家後獨自折返的父親。直到年輕的父親出現在我的面前，我的眼淚也沒有停止滑落。

我們為什麼會走到這一步？母親與父親為什麼不能像現在這樣一

直幸福美滿下去呢？明明現在的他們是如此耀眼。我蜷縮在角落裡，猶豫著要不要扔掉懷裡的水果刀。此時有人將手搭在我的肩膀上，一雙清澈得閃閃發亮、彷彿有小星星點綴其中的瞳孔注視著我。

「天氣這麼冷，你沒事吧？」

唉，真是可惜，我的父親。我這年輕的父親，正如母親所言確實是個好人。

我重新抓緊懷裡的刀。

父親的善良動搖了我的決心，導致我沒能成功一刀刺中他的要害。突如其來的攻擊使他險些摔倒在地，但也多虧於此，他才得以躲開我的刀，只是肩膀受了點輕傷。隨後我們激烈地扭打在一起，儘管他的體格與力氣都在我之上，但是我有武器，還有破釜沉舟的決心讓我奮不顧身，這真的是最後一次機會了。我一拳打在他的肚子上，他也踹中我的腿。我跌坐在地，雖然沒能馬上爬起來，但還是掙扎著抓住了他的腳踝，粉碎他逃跑的企圖。「撲通」一聲悶響，他摔倒在地。我騎上父親的身體，氣喘吁吁地將水果刀高高舉起，刺向父親的喉嚨。

唔。

是利刃穿破皮肉的聲音，然而父親的脖子卻完好無損。不知從何處流出的鮮血漸漸染紅地面。是哪裡來的血呢？直到此刻，我才發現汩汩殷紅的源頭竟是我的腹部。被刀子刺中的不是父親，而是我。我連忙轉過頭，看到母親站在那裡，一把刀握在她顫抖的手中。我的手開始使不上力，原本緊握的水果刀也「噹啷」一聲滑落在地。被我壓在身下的父親趁機掙脫，死裡逃生的他躲得遠遠的，背靠在牆上不知所措，臉上掛著失魂落魄的表情。母親走近父親，一邊緊張地問他有沒有受傷，有沒有哪裡流血，一邊仔細親自摸索確認。隨後，母親緊緊抱住父親。鮮血還在不斷從腹部湧出，我的眼皮開始支撐不住慢慢下墜，最後只剩母親與父親難分難捨的身影在眼中定格。我很想在生命的最後聽聽母親唱的〈小星星〉，可她怎麼會為我歌唱呢？視野逐漸模糊，身體也變得軟綿綿的。我用盡三次機會，最終依舊沒能成功殺掉父親。以後……未來會變得怎麼樣呢？

「還能怎麼樣，什麼也不會改變。」

耳邊傳來熟悉的聲音。它說得一點都沒錯。注定發生的事情，終究還是會發生。

10

我用掉僅剩的機會，這是最後一次能拯救燦錫的機會了。看到報紙的瞬間，腦海裡便響起了熟悉的聲音，我毫不猶豫地讓時間倒流回最初的時候——燦錫慘遭殺害的那一天，他與我在家門口道別之前。因為唯有在那一刻，我才有機會直接面對那個黑衣男人。

和原本的「那天」一樣，我與燦錫互道晚安後，便讓他按原路折返。當我再次聽到他許久未聞的聲音，眼淚差點不受控制地流出來，但是我很清楚，現在這一刻至關重要，不是感動的時候。送走燦錫後，我立刻轉身跑進屋裡，拿出刀便出了門。我把刀藏在懷裡，跟上還沒走遠的燦錫，悄悄地尾隨在他身後。

燦錫在巷子裡走著走著，忽然把頭轉向一個牆角，牆角裡蹲坐著一個人。是他，那個黑衣男人。男人蜷縮在地上，緊緊低著頭。見他這副模樣，於心不忍的燦錫上前關心他的情況，結果得到的不是回答，而是一把猛然襲來的水果刀。男人揮刀的動作有些笨拙，燦錫反倒被嚇得踉蹌幾步，驚險躲過攻擊。

我抓緊懷裡的刀，死死盯著他們。不行，現在還不是最佳時機。男人與燦錫扭打在一起，燦錫被男人一拳擊中腹部，男人的腿也挨了燦錫一腳，跌坐在地的男人抓住燦錫的腳踝，試圖逃走的燦錫重重摔在地上。男人以迅雷不及掩耳之勢騎上燦錫的身體，高高舉起手中的水果刀。

好，就是現在。

唔。

我把刀刺進男人的腹部。鋒利又尖銳的金屬利刃穿過皮肉的感覺令人作嘔，下意識地轉動刀柄，我甚至能感覺到裡面的內臟在顫動。男人腹部的血水在地板上逐漸蔓延，威脅燦錫生命的水果刀也從男人手中滑落。男人回過頭來看向我，他的表情在對上我的雙眼後，瞬間從困惑轉為震驚，隨後又莫名從震驚變成惋惜。最後男人碰的一聲倒在地上。

死裡逃生的燦錫驚魂未定，我急忙繞過男人來到他身邊，仔細檢查他的身體，幸好只是肩膀有點擦傷。即便倒在地上，男人也一直看著我們，他的眼神是那麼悲傷，我只能抱住燦錫，故意躲開他的視線。

燦錫的心臟跳得那麼有力，他的手輕輕拍打著我的背安撫我。我只要有他就好，他能活著就夠了。

再回頭看，男人已經徹底闔上雙眼，緊繃的身體也變得軟綿綿的。他明明是騷擾我好幾個月的跟蹤狂，還無數次企圖殺害燦錫——現實中也的確殺死過燦錫的可怕存在，可是當我看到他闔眼時，卻感到一股難以言喻的悲傷。我不禁癱坐在地，放聲大哭起來。我不知道自己為何會這樣，只是看著倒在地上的男人哭個不停，安靜的巷道裡迴盪著我嗚噎的啜泣聲。

燦錫小心翼翼地叫住淚流不止的我：

「英，英姬，妳快看！他怎麼……」

男人的身體越來越透明，變得越來越淡，就像在濃度百分之百的顏料裡不斷倒水攪拌均勻般。他的身體正在慢慢消失，彷彿正在從這個世界蒸發。我一點點靠近這個癱倒在地逐漸透明的男人，就在他的身體消失得只剩下一個腦袋時，我把他抱在懷中說道：

「對不起……。」

黑衣男人徹底消失了，沒有留下一絲痕跡。

11

我的故事到此結束，我再也說不出任何話。因為我手中的刀已經刺穿我的喉嚨，冰冷的金屬利刃封住了我的聲音。

12

今天清晨一覺醒來，我就想吃壽司，真是奇怪的日子。因為我一直以來都沒有胃口，所以也很久沒有明確想吃什麼具體的食物了。

「世浩，我想吃壽司。」

「世浩」——這是我跟燦錫生的小孩名字。我們第一次見面時，燦錫叫我「世英」，我則叫他「燦浩」，所以我們從中各取叫錯的那個字為孩子命名。世浩，我已經好久沒有大聲喊過這個名字了。

在孩子小時候，我每天都會叫上數十次這個名字。可不知從何時開始，我便不再叫他的名字。與其說是不再叫了，不如說是我叫不出口。隨著孩子的個頭越來越高，臉部輪廓也越來越清晰，我就再也無法用我們取的名字來稱呼他，因為孩子的臉漸漸長成了那個「黑衣男人」的臉。

我怎麼可能忘記呢？曾經三度企圖殺害燦錫，其中兩次讓他得逞，最後一次則死在我手裡的那張臉。那個突然在我眼前蒸發的男人，我們的孩子正在一點點變成他，隨著孩子考上高中，長大成人，那張臉越來越清晰。我愛我的孩子，但我卻不敢看著他，更無法用我們的名字呼喚他，所以什麼也沒做，既沒有再看他一眼，也沒再叫過他的名字，唯有對他視而不見，才能逃避這個我不願承認的現實。

今天果然是個奇怪的日子，做什麼都莫名其妙感到厭煩。燦錫已經不是我深愛的那個燦錫，而我也不再是從前的我，我忽然覺得，那又如何呢？看到曾經不惜奪走他人性命也要守護的愛情，終究沒能扛住生活的壓力，跌在深谷底苦苦掙扎，我痛苦萬分。看著那張屬於可怕的黑衣男人，亦屬於我深愛的孩子的臉，隨之襲來的愧疚感也讓我漸感疲乏，甚至開始憎惡一直被禁錮在過去、活得醉生夢死的自己。「只是」——沒有比這更適合的詞彙了。我明明已經熬過數不清的歲月，現在卻突然沒有任何契機地，就「只是」想了結一切。而此刻的我，就只是想吃壽司。

只因為我隨口的一句話，那個總是被我視而不見的孩子，只套了一件薄外套就跑了出去。「穿那麼少出去會冷的。錢包裡還有錢嗎？你別跑得那麼急，不然等一下跌倒。」這些話湧上喉嚨，我卻依舊沒能說出口。我最想對他說的，其實是「對不起」。孩子辛苦買回來的壽司，我恐怕是吃不到了。

我看著眼前的燦錫，準確來說，是喝得爛醉如泥、眼神渙散的燦錫，以及握在他手中向我揮來的水果刀。現在他的意識大概不在這個房子裡，而是在那片天空、海洋或大地深處的某個地方遊蕩。

燦錫的頹廢是在他接手經營的公司突然倒閉後開始的。父親辛苦開創的一切到他手上來得太輕易，所以他不懂有些事物就像沙子堆砌的城堡，一旦遭到海浪的席捲就會瞬間倒塌。他既不能理解土崩瓦解的公司，更無法諒解身為公司經營者的自己。在公司倒閉的同時，那個曾經打動我心扉的「好人」也徹底從燦錫心中灰飛煙滅了。正因為如此，此刻的他才會拿著水果刀朝我揮來。水果刀，本該用來切水果，現在卻威脅著我的生命的這把水果刀，我曾見過……很久以前見過……

我想起來了，正是二十多年前，黑衣男人握在手中揮舞的那把刀。

最後，徹底失去理智的燦錫胡亂揮舞起水果刀，直到刀子劃破我脖子的那一刻，我才想通了一切：黑衣男人為何與孩子的臉長得一模一樣、當時的我為何會泣不成聲、這個孩子為何要殺死過去的燦錫、被我殺死後又為何憑空消失……我終於明白了。不知不覺間，脖子噴出來的鮮血已經沾滿地面，我想看看燦錫的表情，但我抬不起頭。孩子提著裝有壽司的塑膠袋跑回來的聲音從遠處傳來，可我的意識已經逐漸朦朧。孩子，對不起，不能和你一起享用壽司。我已經用盡三次機會，再也無法讓時間倒流。時隔幾十年，那個熟悉的聲音再次在我的腦海中響起：

「注定發生的事情，終究還是會發生，咯咯咯……」

我闔上眼睛。

聽到孩子走進玄關的聲響，我的世界也徹底陷入沉寂。

作者的話

在提筆書寫這部短篇小說集的最末篇故事〈交疊的刀，刀〉期間，我經常會思考：「真的可以寫這樣的故事嗎？」因為對於當時的我來說，所謂的小說是「聰慧過人的作家在他完美的掌控下精心刻畫的高深藝術作品」，而這麼做似乎是在覬覦著自己根本沒有的能力，甚至讓我感到有些羞愧。

我記得那是在一個格外寒冷的冬天。寫小說是為了什麼？小說是這樣寫的嗎？雖然心裡一點底也沒有，但是我感覺自己能寫下去，於是就把小說寫了下來。當時的我什麼都不會，也沒有什麼擅長的，急切地想找到一件可以完成的事物。

〈交疊的刀，刀〉是我完成的第一篇故事，多虧它我才有機會走到這一步，出版個人的短篇小說集，所以它對我來說意義非凡，也有很深厚的感情。除此之外，在這部短篇小說集裡，還收錄了其他三篇我過去一直拿不定主意，甚至曾經一度擱置的故事。每完成一篇，「這個故事好看嗎？」的自我懷疑都會浮現在我的腦海中。我要在此感謝安全家屋出版社，給我將這些差點被永遠封存起來的故事展現在世人面前的機會。

所有的創作皆是如此，越到後期越容易猶豫不決。我偶爾也懷念寫第一篇故事時那樣懵懵懂懂、勇往直前的歲月。但與當年如出一轍的是，我文字裡的角色還是會越過界線，義無反顧地向前衝撞，希望大家能陪伴他們到最後。如果各位還能試著去想像結局以後的故事，想必將會非常有趣。

最後，我要在此感謝連我沒有注意到的細節都用心幫我檢查的故事企畫海頓與李惠貞編輯，以及在〈濕地之戀〉的執筆過程給予我諸多幫助的S與H。這次也能夠在大家的陪伴下寫作，我真的很幸運。

企畫者的話

李恩真，安全家屋出版社・故事企畫

在這本短篇小說集企畫的初期階段，我們便決定以〈邀請〉作為「故事的序幕」，它講述了一個女性反派的誕生。對於那些肉眼看不見，卻能確實感受到暴力的微妙瞬間，作者將之比喻為「魚刺」。母親與反派泰畫的簡短臺詞與這些「魚刺」交織在一起，殘酷中更蘊含著作者的悲憫之心；〈濕地之戀〉描繪了分別被困在水中與林中的鬼魅之間的愛情故事，是我一讀就迷上的作品。除了「惹人憐愛」以外，我找不到其他形容詞表達，更不需要其他詞彙，它就是一個如此美麗的故事。濫墾濫伐的房地產開發商毀掉的不只是一片樹林，或許還有某人的愛情；本書同名短篇〈雞尾酒，愛情，喪屍〉的舞臺是趙禮恩作家經常聚焦的「家庭」題材，描述了喝下蛇酒變成喪屍的爸爸與家人之間發生的超現實故事。我個人也非常好奇，若從批判父權體制的角度出發，女性讀者會如何看待主角的行為；第四部短篇〈交疊的刀，刀〉是在「金枝：穿越時空徵文大賽」中獲得優等獎的作品，也是完成度極高的時間悖論小說。無論怎麼努力於不同時空穿梭往返，兩位主角最終依舊受困在悲劇裡，在閱讀的過程中，他們的掙扎久久迴盪在我的心中，厚重的存在感也成功填滿這本短篇小說集的最後一個空缺。

有些情感只有被活生生地挖出來，我們才會承認它們的存在。趙禮恩作家描寫的四部短篇都沒有對人類內心那些存在於陰暗潮濕之處的情感視而不見，尤其是女性的情感，在她的筆下綻放出獨特的風采。「絕不馬虎」的態度自然也成了這本短篇小說集的基調。

讀後推薦

腐爛從內部開始

薛西斯

我家的餐桌長年以來都沒有魚，因為姊姊不吃魚。

但她小時候其實吃的，只是有次被魚刺噎住，從此聞到魚味就反胃噁心。這是我生命中最奇特的記憶之一，我從中學到一件事：原來痛覺是能轉換成嗅覺和味覺的。

痛覺能以很多形式發出訊號。

本作就巧妙地描繪了這些訊號的不同規模和進程，〈邀請〉的采源和我姊姊不同，她從沒打算吃魚，卻被家人硬塞了一口，小孩子的好惡有什麼重要的？采源的痛覺訊號就在此時啟動，她感覺自己吞進一根魚刺，但怎麼檢查都查無蹤影，這惹父母不悅，認為她在無理取鬧。

提不出物質證據的疼痛，講了也只會換來一句你太敏感，采源默默與疼痛共生，之所以忍耐痛苦，是因為這種痛苦是應該被忍耐的：經痛、偏頭痛，一切女人太敏感的、喝點熱水就該打發掉的微不足道疼痛，忍耐久了當然可以習慣。

疼痛從未消失，只是長大後換個人來觸發：男友。不像父母的高壓，統治者會更換手段。男友不會逼采源吃生魚片，但永遠記不住她不願意吃，被動消極的統治仍是統治，仍在傳達一樣的訊號：妳的意志一點也不重要。

但采源仍心想「畢竟他既沒有強迫我，也沒有威脅我。」這樣思考，心才不痛，但換魚刺隱隱作痛。痛覺像河流，你壓抑它，它就改道決堤。

所以一旦察覺到不對勁，身邊的一切都彷彿可疑了起來。神祕女子泰畫出現在采源的雕塑工作室，最初以為她是男友的外遇對象，但調查越深，迷霧越盛。她為采源拔出確實存在的魚刺，又將采源手上那把揑造著不存在理想的雕刻刀，換成了鈍重的魚刀。

握著刀，采源終於不再是隨時恐懼魚刺折磨的人，她可以成為殺魚者——當然可以，沾在耳垂上那像泰晝小痣的血滴，采源順手便抹去了。直到最後采源都沒記住泰晝的臉，何必記住？采源自己就能成為泰晝。

魚刺可怕之處，在於它並非外來加諸的天災或暴力，它的成立前提只有一個：吃下魚肉。若抵死不吃，永遠不會被刺傷。采源是個孩子，縱討厭魚也沒有選擇，但難道就沒有貪戀魚肉甘美而心甘情願吞下的人嗎？

〈雞尾酒，愛情，喪屍〉裡沒有魚刺了，這回是寄生蟲。

一夜過去，珠妍的父親變成喪屍。但沒有電影裡恐怖的世界末日感——這病毒實在太弱了，父親是製藥公司員工，但感染的並非顛覆世界的基因改造病毒，而僅是聚會時貪杯喝了蛇酒，被蛇體內寄生蟲吃掉了腦子。

病毒既無可怕的攻擊性，擴散效率也比新冠病毒還差。半吊子的父親喪屍不太咬人，整天只坐在餐桌上等放飯，屍白臉色跟熬夜爛醉的平日差不了多少。珠妍察覺這故事裡最驚悚的一件事：活的父親跟喪屍父親其實差距不大。

於是家庭日常仍繼續運轉，父親喪失一些功能，比如賺錢供糧。麻煩，但不算絕望。母親以往總要「使出全力強壓住從內心湧上的情緒」地忍耐委屈，事到臨頭卻不忍捨棄父親，倒非出於夫妻深情，而是無法想像「沒了那個老頭子要怎麼活下去」。珠妍也一樣，平日老嫌棄父親如皇帝跋扈、給母女添麻煩，但與父親度過的時光也曾那麼幸福。

不上不下的家庭，就像父親感染的半吊子寄生蟲，父親不好，卻似乎也不那麼差，總覺得哪裡出錯了，偏又已成習慣。

寄生蟲和魚刺不同，會與宿主達成共識，要從宿主身上獲取利益，又不能削弱他太多，有時自己還會提供好處，比如我們細胞裡的能量工廠粒線體，最早就是一種寄生在細胞中的細菌。

父親是這對母女的寄生蟲，但母女也寄生於他，既愛對方的好處，又恨對方吸自己血——這就是家。

珠妍驚嘆蛇酒裡的寄生蟲「這麼小的生物都會為了生存而變異，為何我們仍是這副模樣？」珠妍錯了，這令人嫌惡又憐愛的家庭，正是人類為了生存而不斷調整變異誕生之物。

婚姻家庭是組成社會的最小單位，家人互相依賴，說得更難聽，互相寄生，唯一值得一問的是：誰是宿主？誰是蟲？誰都不想當蟲，所以沒人敢問，渾沌地拖著過日子。寄生蟲系統運作得好時皆大歡喜，癱瘓時就得玉石俱焚，與〈邀請〉的采源相比，這種痛不是心一橫就能拔除的魚刺，而是早已內化為自己系統的一部分。

為了處理父親，珠妍一家找來葬儀社處理，但價格高昂，只能買半套服務，由家屬自己射殺喪屍。珠妍即使被父親攻擊，開槍時仍念父女之情而猶豫。但母親可不一樣：女兒還有未來。就算這套系統已內化成我的一部分，丈夫僅是同生共死的寄生蟲，女兒可是我自己的寶貝血肉。於是寄生蟲投藥機制被觸動，母親奪槍殺夫，大難來時，誰親誰疏明明白白。

采源得抹去耳垂上的血漬，珠妍得等待喪屍父親留下的齒痕癒合，只有寄生蟲卻是投藥後就全部消失，斷得乾乾淨淨。事過境遷，母親事不關己地批判政府真不像樣。明明她也曾深信國家力量終會解決一切，最後還是得自己來啊！一決心脫離寄生蟲系統，母親彷彿從一場荒誕怪夢裡醒來了。

〈交疊的刀，刀〉是作者第一篇作品，也是情節性最強、類型輪廓最明確的一篇。作品結構非常縝密，從兩個交錯的敘述視點開始：男子「我」的母親遭父親殺害，弒父復仇後自殺。而女子「我」則遭到跟蹤狂鎖定，這時出現英雄救美的男人……

男子「我」死後，得到上天賜予三次重來機會，他決定釜底抽薪，打斷父母相遇——於是他成了母親的跟蹤狂。並以此為契機，母親與父親相逢、母親害父親被「我」殺害、母親也得到三次機會拯救父親。

母子的迴圈命運交織在一起，變成一個複雜的莫比烏斯環，複雜卻仍命運守恆：「我」回到過往殺害父親的瞬間，等於消滅了自己誕生的命運——自己既不會誕生，將無人能殺害父親。這或許正是母親也能得到三次機會的理由：必須有新的邏輯來縫合悖論。母親最終成功殺害了「我」，阻止一切，父親的性命暫得保全，而「我」也得以誕生，得以執行未來弒父的命運……

故事只描述了一輪完整的循環，因此充滿無望的宿命感，但循環真的沒有中斷的可能嗎？母親不惜殺害「跟蹤狂」也要守護的父親，最後仍變成喪屍般的男人，曾扭轉命運的她喪失再戰動力，麻木任魚刺在身上腐爛——不，在這故事裡是水果刀，她不在乎那些插在身上的刀。但孩子在乎，所以孩子將拔起那把刀去殺害父親。

即使她從孩子手中奪刀，再一次保護愛人，再一次允許愛人用那把刀傷害她，她的孩子也會再一次為她拔刀而戰。他相信若「父親的命運是殺死母親」，那麼「我的命運是殺死父親」。但他忘了還有一條路：母親也可以殺死父親。若母親能果斷止損，像采源一樣拔除傷口的刺扔掉，或許刺就不必遞給她的孩子成為武器。

趙禮恩作家的作品被形容為「暖驚悚」，讀完本書，大概能感受那「暖」的本質是什麼：驚悚理應是寒冷的，因為所有恐懼都源自未知，而未知即是外部，外部當然疏遠冰冷——但魚刺不是外部，寄生蟲不是外部，只有先吞下去了才會被刺傷，傷口才會腐爛。「暖驚悚」是因為腐爛從內部開始，排除這種恐怖沒有任何方法，只有破釜沉舟，從內部清創。

全書最風格特異的一篇，是〈濕地之戀〉。孤獨的水鬼「水」迷上了在林中尋找某物的地縛靈「林」。兩人成為朋友，但「水」無法上岸，「林」無法入水，只能盡量靠近彼此。誰知建商前來開發，森林砍伐，泥沙填溪，兩人像失去棲地的動物，空間一步步被緊縮。

諷刺的是，「林」正是託了建商開挖之福才找到她被埋藏的屍體，而「水」也靠環境破壞引爆的土石流淹沒一切，才讓兩人的界線得以真正消滅。

「林」將從屍體上剝下的名牌：自己的真名「李瑛」交給「水」，兩個失去自我的鬼交換了名字，真實的接觸在這一刻開始——接著便是毀滅。所以這個故事才能成為企劃者所說的、「惹人憐愛的」愛情故事。正因兩人從未真正接觸彼此，無法成為對方的一部分，也就無從腐爛。我忍不住壞心眼地想，如果李瑛一開始就是被扔進水裡溺殺的，這個故事又將變得如何呢？

小說精選

雞尾酒，愛情，喪屍（칵테일, 러브, 좀비）

2025年3月初版 定價：新臺幣390元

著　者	趙禮恩
譯　者	李煥然
叢書主編	黃榮慶
校　對	馬文穎
內文排版	王君卉
封面設計	之一設計

出版者	聯經出版事業股份有限公司
地　址	新北市汐止區大同路一段369號1樓
叢書編輯電話	(02)86925588轉5307
台北聯經書房	台北市新生南路三段94號
電　話	(02)23620308
郵政劃撥帳戶第0100559-3號	
郵撥電話	(02)23620308
印刷者	世和印製企業有限公司
總經銷	聯合發行股份有限公司
發行所	新北市新店區寶橋路235巷6弄6號2樓
電　話	(02)29178022

編務總監	陳逸華
副總經理	王聰威
總經理	陳芝宇
社　長	羅國俊
發行人	林載爵

行政院新聞局出版事業登記證局版臺業字第0130號

本書如有缺頁，破損，倒裝請寄回台北聯經書房更換。 ISBN 978-957-08-7618-5 (平裝)
電子信箱：linking@udngroup.com

國家圖書館出版品預行編目資料

雞尾酒，愛情，喪屍（칵테일, 러브, 좀비）
/趙禮恩著．李煥然譯．初版．新北市．聯經．2025年3月．
224面．12.8×18.8公分
ISBN 978-957-08-7618-5（平裝）

862.57 114001591